短，才是王道！

60字法則

商用日語文章術

日本廣告文案權威
田口真子

林農凱——譯

短いは正義
「60字1メッセージ」
で結果が出る文章術

前言——「短」，才是王道。

◎「一句話60字以上」，使你成為一個「可惜的人」

各位在工作中撰寫「文章」時，會注意什麼地方呢？避免錯字與漏字、禮貌的用字遣詞、還是助詞的運用是否正確？想要寫一篇通順的文章，往往需要顧慮許多層面。

不過，各位曾經在意過字數嗎？

請各位試著數數看今天寫的電子郵件或企劃書中每一句話的字數。大概是幾個字呢？

如果大多數句子都超過60個字以上，那麼或許在不知不覺間，你已經給人留下許多負面印象了。

因為「一句60字」這個字數，是影響好讀與否的分界線。

請閱讀以下兩個例句，這兩個例句都是商務上常見的句子。

今回の広告は、商品のヘビーユーザーとなり得るZ世代に向けて、彼らがついSNSで拡散したくなる仕掛けにより、商品の認知度を爆発的に高めるこれまでにないプロモーションとさせていただきました。（93字）

這次的廣告採用前所未有的宣傳形式，將目標客群鎖定為可能成為產品重度使用者的Z世代，透過讓他們不由得想分享在社群網站上的巧思，爆炸性地提高產品的知名度。

返事が遅くなりまして大変申し訳ございませんが、営業部の方から既存顧客への配慮が足りないので修正した方が良いのではという意見がありまして、再度ご相談させていただきたく、また追ってご連絡さしあげます。（98字）

雖然回覆晚了真的非常抱歉，不過因為營業部那邊有提出這樣沒有顧慮到現有顧客，最好進行修正的意見，隨後我會再次聯絡您以便與您洽談。

「讀起來真難懂。」

「所以到底想表達什麼？」

各位是否也這麼想呢？

原因只有一個，就是**「一句話太長」**。在一句話中塞入太多訊息，不管怎麼讀都看不到結論，這種冗長的句子會讓讀者感到厭煩、疲累。

這兩個例句，第一句有93個字（含標點符號），第二句則是96個字。

雖然是我自己創作的句子，不過內容應該相當常見。

讓讀者產生「太長了不想看！」的念頭，這種使人感到疲累的電子郵件、企劃書以及產品資料，充斥在我們身邊。我想各位應該也都曾經看過這類又臭又長的句子吧。

說不定各位之中也有人現在才發現，自己平常寫的句子是多麼冗長。

拖泥帶水的長句，絕對會減損你工作上的評價，讓你得不到成果。光是一句話寫得太長，就可能造成他人對你工作不力的印象，若因此不受重用、拖累升遷等等，真的非常可惜。

此外，或許有些人不擅長寫文章，光寫一封郵件也感到心力交瘁。之所以會這麼辛苦，原因肯定出在句子太長這點。長句，會讓讀者與寫手都感到疲累。

請各位謹記，從今以後務必將句子寫短一點。只要這麼做，再也沒有寫文章很辛苦、文章不通順、詞不達意等煩惱。

這邊就小試身手，將方才的兩句話，全部改成60字以內吧。

今回の広告は、商品のヘビーユーザーとなり得るZ世代に向けたものです。（34字）彼らがついSNSで拡散したくなる仕掛けで、商品の認知度を爆発的に高めます。（37字）

這次的廣告，將目標客群鎖定為可能成為產品重度使用者的Z世代。透過讓他們不由得想分享在社群網站上的巧思，爆炸性地提高產品的知名度。

返事が遅くなり申し訳ありません。（16字）今回の企画ですが、営業部から既存顧客への配慮が足りないとの指摘がありました。（38字）お手数をおかけしますが、再度ご相談させてください。（25字）詳しいことが決まり次第、追って連絡します。（21字）

回覆晚了真的非常抱歉。關於這次的企劃，營業部指出這樣並沒有顧慮到現有顧客。不好意思，還請容我再次與您洽談此事。詳情待定案後，我會再與您聯絡。

修改後變得更好讀了，每一句話都能讀進腦中。清晰明確的文章內容，看起來也給人明快、充滿知性的印象。

說不定各位會覺得某些內容，想用一句話60字來表達太短了。

但是，**總之請以一句話60字以內為目標努力。**

光是這麼做，就能輕鬆寫出通順、受人青睞、還能交出成果的文章。

◎寫短一點，光是這麼做就一切順利

身為一名廣告文案寫手，將文章寫短是我的工作。在我超過30年的工作資歷中，從來沒有一次不去計算文案的字數。

網路、海報、報章雜誌、產品目錄，無論在什麼媒體中，能寫文字的空間都很有限，電視廣告也僅僅只有15秒的時間。

即使是說明產品效用的廣告正文，也必須短而精確、簡潔有力。另外為了視覺美觀，廣告設計師通常也會要求字數必須精簡到極限。

然而為了製作廣告而交到我手上的資料，往往是厚厚一疊。除了開發的過程、成分、效用、功能等等產品資料，還有記錄市場動向、目標客群生活習慣等等的市調資料。塞滿文字與圖表的A4紙多達50頁到70頁，有時候甚至更多。

從如此大量的資料中所提取出的精華，就是20字內的一行廣告標語；就算是廣告正文，也極少超過兩百個字。重點是在這麼短的字數中，還必須淺顯易懂地傳達出產品的魅力。廣告文案寫手，永遠都在與字數戰鬥。

在本書中，我將毫無保留地介紹在長年的寫手生涯中所培養出來的「文章縮短術」。不只是廣告文案，這些技巧能運用到所有文章上。

本書的目標只有一個。
學會縮短文章的技術。
僅此而已。

對不擅長書寫的人而言，想學會許多文章技巧並非易事。
但是，縮短文章，其實一點也不難。
任何人都能立即學會，文章也會產生明顯的變化。
在遠距辦公普及的現在，原本可以口頭聯絡、報告的事情，都必須開始用文字傳達給對方了。
而且，還是透過手機那塊小小的螢幕。
在這樣的時代裡，文章縮短術是任何人都能一生受用的技能。還請各位趁此機會，好好學會這項技能吧。

本書的第一章，將介紹**縮短文章的兩個絕對規則**，先藉此學會短文技能的基礎吧。讀完第一章後，各位的文章就會產生劇烈變化，變得乾淨俐落、清楚明白。

在第二章中，**要透過數字的力量進一步打磨縮短的文章。**抽象難解的表現，能在打磨後變得更容易懂，轉化成有說服力的文章。

最後在第三章裡，將學習**讓短文看起來更有力、意象更鮮明的技巧**。這些技巧能幫助我們消除短文常有的冷淡、不帶感情的印象，寫出吸睛的文章與標題。

寫太長會寫得很累。「短」就能寫得輕鬆。

寫太長會懶得讀。「短」就能讀下去。

寫太長會使論點失焦。「短」就能簡明扼要。

寫太長留不下印象。「短」就能烙印在心中。

寫太長會令人感到厭煩。「短」就能給人良好觀感。

寫太長無論讀還是寫都很花時間。「短」就能縮短時間。

寫太長會讓人對書寫卻步退縮。「短」文章才會進步。

「短」，才是王道。

讓我們開始吧。

第2章

易懂——藉由「數字」的力量擺脫含糊不清的長句

第3章

有力——靠「字面」加強句子的正面印象

加強標題的10個技巧 —— 176

COLUMN 從名家的文章技巧學習③

第 1 章

短

一個訊息 60 字
精簡繁冗的句子

能幹的人，每句話都很短

◎長句令人討厭

身為廣告文案寫手，我深切認同將句子寫短的必要性。所謂的廣告，它的前提是沒有人會讀、沒有人會看。

基本上沒有人會愛廣告愛得不得了。對絕大多數的人而言，廣告相當煩人。所有參與製作廣告的人，都會將這件事銘記在心。

我也是在這樣的前提下撰寫文案，話雖如此，沒人想看當然不是件好事。在工作上我還是必須寫出大眾會看的文案，我也非常希望自己的文案得到賞識。

正因為面對的是不打算看廣告的人們，寫文案時才需要用盡一切巧思與創意。而實踐的第一步，就是「縮短文章」。

這項技術絕不僅限於廣告。

你寫的文章沒有人想讀。

最好先這樣想吧。

補充說明，這是你「為了工作所寫的文章」，不是在部落格、社群網站等處面對追蹤者所發表的文章。

工作的文章也非小說或隨筆，沒有人想主動閱讀。

而且就算對方不想看，對方也必須要看。如果文章很長，對方當然會覺得厭煩。

實際上各位應該也曾經對密密麻麻的企劃書或資料感到煩躁過吧？

或是對著怎麼往下捲都看不完的郵件嘆氣，巴不得放手不管。

若訊息量太多，不多看幾次就無法掌握對方的意思；有時候邏輯出現問題，結果還是得再次向對方進行確認。

這種讓人覺得「你到底想說什麼？」的文章，只會讓讀者感受到滿滿的壓力，使對方疲累不堪。

有些文章過於冗長，是因為用太多不必要的敬語，文章中若用太多「～させていただきます」（請讓我做～）等禮貌過頭的用法，對方只會感到厭煩而非親切有禮，反而給對方留下負面印象。

如果總是寫這種讓讀者看得非常辛苦的長文，你的評價只會直落谷底。這會給人一種不得要領、工作表現差的觀感。

另外，如果想法無法準確傳達給對方，也得不到滿意的結果。業務不順、在公司內企劃不受認可、產品賣不出去……究其原因，可能都是因為你的文章太長也說不定。

近來遠距辦公盛行，增加了許多需要用文章表達的機會。

再加上勞動改革逐漸普及，工作的時間將越來越短。這已經是個可能一天就需要開好幾次會，每過幾分鐘就會傳來電子郵件或對話的時代，沒有人有時間能夠仔細審視每份郵件或企劃書。

為了看到結論必須持續滑動手機螢幕的長文，光是閱讀就會累積巨大壓力，而且還會妨礙工作進度。說不定你寫的文章，還有可能被人跳著讀呢。

相反地，簡單精巧的短文，不僅可以順利傳達訊息，對寫與讀雙方來說都能減輕工作負擔。

短而正確地傳達我方的目的。

只要這麼做就能獲得對方的好評，進一步得到好的工作成果。

就從現在開始縮短文章吧。

本章首先將傳授各位精簡「繁冗長句」的方法。

「繁冗長句」指的是塞入過多不必要的語彙，使文章看起來肥大而空虛的句子。讓我們在此先學會能夠讓文章看來簡單俐落、一目瞭然的短文技巧吧。

目標是「一句60字」以內

◎隨時留意「一句60字以內」的原則

接著趕快來學習「縮短文章的技術」吧。「縮短文章」具體來說應該怎麼做呢？很簡單，將一句話寫短即可。

更具體地說，「一句60字以內」是「縮短文章」的鐵則。只要好好遵守這個鐵則，必定能流利寫出不會造成壓力的文章。

我在超過20年的時間裡，工作時都使用「Word」來寫文案。平時的版面配置是A4尺寸，字級為12，這麼一來一行就會是35個字。

我以這個配置撰寫產品說明時發現了一件事：長度超過一行半（也就是60字）的句子，內容多半都比較難懂。

請各位試著用手機閱讀網路新聞。以60字內的短句組成的報導，是不是比較容易讀進腦中呢？相反地，若是感覺「看不太懂……」的文章，應該有很高機率出現一句超過60字的句子。

閱讀各式各樣的文章後，可以知道一個句子的長度最好保持在30到60字之間。但是若一開始就嚴格限制自己寫出字數極簡的短句，反而會因為句子斷斷續續，使整篇文章看起來詞不達意。

一開始先注意不要超過「60字」就好。

這是提升寫作能力最重要的第一步。

或許各位會覺得一句60字是個不容易想像的長度。

下面例句含標點符號剛好是60字。

日本は、現在、1年間に12億トンを超える温室効果ガスを排出しており、2025年までに、これを実質ゼロにする必要があります。

日本現在每年排放超過12億公噸的溫室氣體，在2050年之前，必須將這個數值降到實質為0。

各位覺得如何呢？我想應該能順利看懂，將內容讀進腦中才對。

如果一句話的長度超過60字，內容就會瞬間變得難以捉摸。

日本は、現在、1年間に12億トンを超える温室効果ガスを排出しているという地球全体に影響する環境問題を抱えており、２０２５年までに、これを実質ゼロにする必要があります。

日本現在遭遇每年排放超過12億公噸溫室氣體、足以影響整個地球的環境問題，在2050年之前，必須將這個數值降到實質為0。

這一句的字數為82個字，增加了「地球全体に影響する環境問題を抱えており」（遭遇足以影響整個地球的環境問題）這項資訊。當這句話夾入句子正中間後，「温室効果ガス」（溫室氣體）與「実質ゼロにする必要がある」（必須降到實質為0）之間便產生距離，使整個句子看起來含糊不清。

感覺難以掌握句子的內容時，多半是因為像這樣一句話超過60字所導致。重新審視這類文章，就會發現非必要的資訊或形容填塞過多的問題。

再看一個例子，下面的例句超過了60字。

温室効果ガスの排出量と吸収・除去量をプラスマイナスゼロにすることを意味する「カーボンニュートラル」が実現された社会を「脱炭素社会」と呼びます。

二　實現溫室氣體的排放量與吸收、清除量正負抵消的「碳中和」的社會，稱作「脱碳社會」。二

含標點符號共71個字，這裡將「カーボンニュートラル」（碳中和）與「脱炭素社会」（脱碳社會）兩項資訊放在同一個句子內說明，使得內容變得繁雜許多。

如果像下面例句般重新整理資訊、修改句子長度，就能瞬間變得簡單易懂。

「カーボンニュートラル」とは、温室効果ガスの排出量と吸収・除去量をプラスマイナスゼロにすること。それが実現された社会を「脱炭素社会」と呼びます。

「碳中和」的意思是溫室氣體的排放量與吸收、清除量正負抵消。實現碳中和的社會稱作「脱碳社會」。

第一句含標點符號為48字，第二句為24字。將「カーボンニュートラル」與「脱炭素社会」分開說明，就能讓語意變得清晰明白。

只要小心別塞入太多資訊，並省略多餘的字詞，除非專有名詞太長，否則一句話不會超過60字。換句話說，只要隨時保持一句60字以內，任何人都能寫出清楚又好懂的句子。

即使是撰寫企劃書或大量的資料等非常多行的文章也相同。

任何文章皆由多個句子組成，如果每一句話都簡短扼要，就能流暢又輕鬆地讀懂文章內容。

是的，無論任何時候「一句話60字以內」都是黃金指標。

尤其是現在更常用手機看郵件或資料，「60字以內」的原則顯得更為重要。

手機的一行大概是20到30字。60字以內可以縮在三行內，文章看起來好讀也好懂。

當然，有時候句子再怎麼精簡，就是會超過60字，我並不是說這種情況也必須嚴格禁止。

重要的是時刻注意「60」這個字數，然後盡可能縮短一個句子的長度。

只要做到這一點，自然能夠挑出關鍵訊息，並寫出淺顯易懂的文章。

「一句話 60 字以上」，
在手機上更難讀

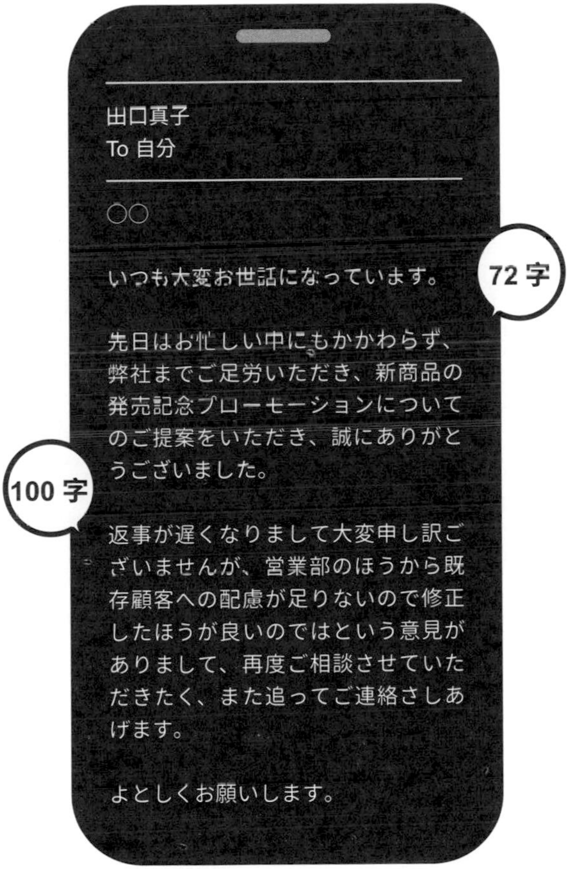
出口真子
To 自分
○○
いつも大変お世話になっています。
72 字
先日はお忙しい中にもかかわらず、弊社までご足労いただき、新商品の発売記念プロモーションについてのご提案をいただき、誠にありがとうございました。
100 字
返事が遅くなりまして大変申し訳ございませんが、営業部のほうから既存顧客への配慮が足りないので修正したほうが良いのではという意見がありまして、再度ご相談させていただきたく、また追ってご連絡さしあげます。
よとしくお願いします。

◎標題要在更短的「20字內」

「一句話60字」是寫一般文章的情況。

至於企劃書或網路新聞等文章的標題或概要，請以更短的「20字以內」為目標。

這邊就舉幾個20字以內的雜誌標題當作範例。

・「しなくていい」ダイエット（《SUNDAY每日》2021年7月4日號）13字

「不用做的」減重

・梅雨バテ夏バテは脳を冷やして解消（《AERA》2021年6月28日號）16字

梅雨倦怠夏季倦怠都靠冷卻腦袋消除

・部屋に、美しいもの、かわいいものを。（《&Premium》2021年8月號）18字

為房間妝點美麗的事物、可愛的事物。

・これからの人生が変わる、大人の目元革命（《美的GRAND》2021年7月號）18字

改變往後的人生 大人的眼角革命

廣告標語往往更短，多半都在15字以內。由於幾乎沒有人會停下腳步觀賞廣告，因此要以數

秒內能讀完的字數為目標。

各位在工作上所寫的資料與企劃書標題也相同。

不能寫得繁複，讓對方需要仔細閱讀。

標題必須看來生動有趣，能立即吸引讀者目光，勾起讀者的好奇心。

目標是20字以內。

文章是一句話60字以內，標題是20字以內。

請記住這個基本字數。

那麼該怎麼做，才能精簡到這個字數內呢？

其實只要嚴守兩個絕對規則就好，任誰都能輕鬆辦到。

接下來就讓我詳細解說這兩個規則吧。

絕對規則 1

一句話，一個訊息

◎文章的基本是「一句一意」

句子變得冗長最主要的原因，就是想將所有訊息都塞進一個句子裡。

如果想用一句話表達多個要素，那麼文章就會變得繁雜，最後每條訊息都含糊不清。

越是認真、老實的人，越會傾向仔細描述所有過程及理由，並添加各種細節。然而這份心思往往會空轉。

請各位靜下心思考。我們其實不需要用一句話就非得傳達所有訊息。

所謂「一句一意」這個成句的意思是，在一句話中只要敘述一個訊息就好。

這裡所說的訊息，指的是必須傳達給對方的「資訊」。各位在工作上，也應該時常發生必須傳達許多資訊的情況，像這種時候，只要將一句話拆成好幾句話就可以了。

善於寫作的人，或許能夠在一句話中清楚表達多個資訊。

但是，基本上還是一句一意。

因為句子越是簡單，就越好懂。

若以一句60字以內為目標，那就必須時刻留意「一句話，一個訊息」這個原則。

遵守這個原則，一定能寫出便於讀者閱讀的短句。

這邊就告訴各位可以實踐「一句話，一個訊息」的三個要點。

POINT

將一個句子細分成多個訊息

請閱讀下面例句。這是我曾實際收過的電子報，寄自某間化妝品製造商。雖然為避免各位認出產品，我稍微修改了內容，不過我並沒有刻意拉長或寫得艱澀難懂。

このマスカラは、髪を内側からケアするヘアトリートメント「〇〇」の美髪成分を贅沢に配合し、まつ毛をボリュームアップしながら、しっかりケアをしてくれる1本で2役のアイテムなんです。

這款睫毛膏充分添加了能從深層保養頭髮的護髮成分「〇〇」，不僅提升睫毛濃密度，還能呵護睫毛，是一支兩用的產品。

數下來一句話有88字。寫這篇文案的人一定是位認真努力、充滿熱忱的寫手，我能從字裡行間感受到他想宣傳產品優點的真誠。

然而，這句話的內容很難看懂，每個資訊都記不起來。想積極傳達出去的心意，反而阻礙文章的通順，沒有比這更可惜的事了。

原因仍然是一句話塞太多訊息所導致。「美髪成分を贅沢に配合」（充分添加護髮成分）、「まつ毛をボリュームアップ」（提升睫毛濃密度）、「1本で2役のアイテム」（一支兩用的產品）等等，一句話中有太多訊息了。

如果對長句感到閱讀困難，大多都是因為資訊混雜過多所致。請重新審視句子，將每個訊息細分出來吧。光是這麼做，文章就會瞬間變得好懂很多。

這裡就試著將前面的電子報內容細分成多項資訊。

・このマスカラは、髪を内側からケアするヘアトリートメント「〇〇」の美髪成分を贅沢に配合しています。

這款睫毛膏充分添加了能從深層保養頭髮的護髮成分「〇〇」。

・まつ毛をボリュームアップします。

可以提升睫毛濃密度。

・さらに、しっかりケアをしてくれる、1本で2役のアイテムなんです。

還能呵護睫毛，是一支兩用的產品。

分離出所有訊息後，每個訊息的內容就一目瞭然了。若是遵守「一句話，一個訊息」的簡單文章，讀者自然可以立即領會句中含意。

此外，細分訊息也能幫助我們找出句子可以改善的地方，挑掉無用的內容。

譬如「美髮成分」（護髮成分）指的是保養頭髮的成分。這麼一來可以發現，接續的內容比起「ボリュームアップ」（提升濃密度），改成「しっかりケア」（呵護）似乎比較容易理解。

再者，「髪を内側からケアする」（從深層保養頭髮）與「美髪成分」意思相似，可以去掉其中一邊，按以上方針修改後可以寫成以下例句。

このマスカラは、ヘアトリートメント「〇〇」の美髪成分を贅沢に配合しています。まつ毛をしっかりケアします。さらに、ボリュームアップも叶える、1本で2役のアイテムなんです。

這款睫毛膏充分添加了護髮成分「〇〇」。不僅可以呵護睫毛，而且還能提升濃密度，是一支兩用的產品。

各位覺得如何呢？

若在一句話中塞入多個訊息，反而更難傳達給對方

×

難以掌握內容，
每個資訊都記不進腦中

Aであり、Bであり、Cでもある。
（既是A，也是B，還是C。）

◎

可以瞬間理解每個資訊的內容

Aです。Bです。Cです。
（是A。是B。是C。）

與一開始的句子相比，是不是比較好理解了呢？每項資訊都能快速吸收進腦中。
只要像這樣將句子內的訊息細分成數句，自然就能縮短句子的長度，文章頓時也變得清爽許多。
將句子按訊息細分，光是這麼做，剎那間文章就變得明白易懂。若還不熟練這個寫法，可以先依照自己平時的習慣撰寫，之後再拆分句子即可。

◎透過「体言止め」創造文章節奏

方才的例句，其實還有可以改善的地方。
那就是文章的節奏感不好。
句尾不斷用「ます」結尾，讀起來沒有節奏感。
此時最有效的技巧就是「体言止め」（體言結尾）。體言結尾指的是句尾不用「です、ます」或「だ、である」等助動詞結尾，而是用名詞或代名詞結尾。
例句的「贅沢に配合しています」（充分添加）改為體言結尾後就變成「贅沢に配合」。體言結尾可以讓句子產生節奏，更加順利地連接到後面的句子，試著改看看吧。

このマスカラは、人気のヘアトリートメント「〇〇」の美髪成分を贅沢に配合。まつ毛をしっかりケアします。さらに、ボリュームアップも叶える、1本で2役のアイテムなんです。

這款睫毛膏充分添加了大受歡迎的護髮成分「〇〇」。不僅可以呵護睫毛，而且還能提升濃密度，是一支兩用的產品。

文章讀起來更有節奏感了吧。

如果出聲讀出內容會覺得節奏感差、難以閱讀，不妨活用體言結尾的技巧潤飾文章。

可是，運用過多體言結尾也不好。不但會讓人感覺說話態度粗魯、冷淡，有時反而會使文章惡化，適當加入體言結尾才是最好的做法。

課題 1

試著將句子按訊息細分吧

下面的例句看起來很難理解，請按照句中各個訊息細分句子。將句子拆成好幾條訊息，這是撰寫好讀、好懂的文章最重要的第一步。

例句

この本は、短く書く技術を伝え、ビジネスパーソンの方々が抱える、「文章を書くのが苦手」「伝わる文章が書けているか不安」という悩みにフォーカスし、それらを解決して、ビジネスでの評価・結果を好転させることを目的としています。

本書將傳授縮短文章的技術，聚焦在各位商務人士最傷腦筋的「不擅長寫文章」、「對文章是否達意感到不安」等煩惱上，以解決這些煩惱，提升商業上的評價與結果為目標。

範例答案

この本では、短く書く技術を伝えます。主に、ビジネスパーソンが抱える「文章を書くのが苦手」「伝わる文章が書けているか不安」などの悩みにフォーカス。それらを解決し、ビジネスでの評価・結果を好転させます。

POINT

認清「不需要的資訊」

學會「一句話，一個訊息」這個原則後，接著要進入下一步，也就是選擇文章整體的訊息。

無論一句話縮得再短，若整篇文章還是塞滿過多訊息，同樣會成為一篇難解的文章。

我們常見到業務資料、電子報等文章，因為想傳達太多事情，反而使訊息混亂不堪的情況。

這個也好那個也好，我通通都想仔細告訴對方！

如果你有以上這種過於誠懇的想法，現在請把它拋到腦後。

其實可以省略的資訊比你想得還要多。就算文章省略部分資訊，其他人還是可以了解你的意思。先整理出必要與非必要的資訊，是提升寫作能力很重要的一步。

話雖如此，審視資訊本身就是一項困難的作業，並非一時半刻就能完成。

若心中有很多想表的事呢？

遇到這種時候，就試著將所有想表達的內容條列出來吧。從中選擇必要的，然後刪除不需要的，最後再重新建構成簡潔通順的文章即可。據說即使是專業寫手，在撰寫文章前也會像這樣條列、整理資訊。

在資訊量特別龐大時，就活用「便利貼」吧。寫在便利貼上，可以按重要度排列，排除不必要的內容，有助於我們梳理資訊。

用「便利貼」理清整篇文章的資訊

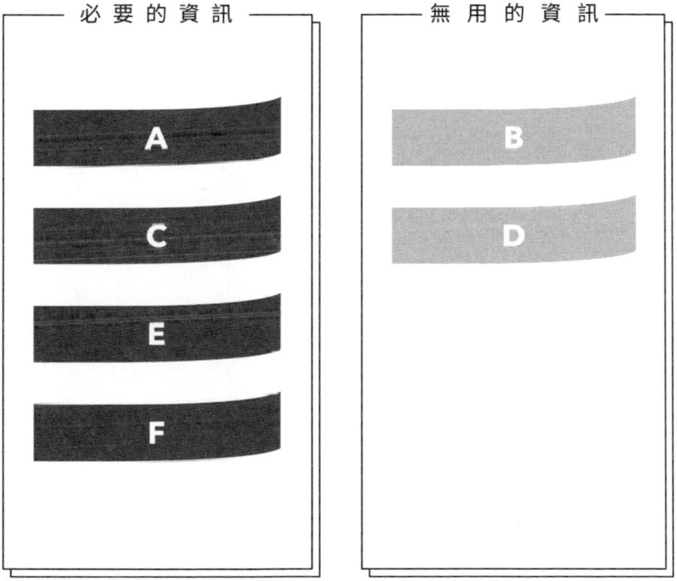

◎若要在一百字內說明桃太郎

那現在就來實踐看看吧。

這次我們要在一百字內，統整童話故事《桃太郎》的劇情。

首先，請各位在腦中思考，哪些才是必須傳達的資訊。

「おばあさんは川へ洗濯に、おじいさんは山へしば刈りに行きました」（老婆婆到河邊洗衣服，老公公上山去砍柴）各位是否先回想起故事的開端了？光是這句就30字了，這麼寫下去一百字根本不夠用。

在腦中資訊混雜的狀態下，往往會覺得任何資訊都很重要、都必須表達出來。結果會造成我們在撰文時時常按照留存於記憶的順序，將破碎的資訊拼湊在一起。

以這種方式所寫的文章，大多都充斥著欠缺條理、冗長難懂的句子。

只想在腦中構思文章是很辛苦的工作。

就算覺得麻煩，還是盡量用條例式將資訊列出來吧。眼前有實際的文字，才能更明確地挑選出所需的資訊。

那麼，這裡就嘗試將桃太郎的資訊條列出來。

1. おばあさんは川へ洗濯に、おじいさんは山へしば刈りに行った
老婆婆到河邊洗衣服，老公公上山去砍柴

2. おばあさんが川で洗濯をしていると大きな桃が流れてきた
老婆婆在河邊洗衣時，漂來一顆巨大的桃子

3. 桃を割ると、桃太郎が誕生
剖開桃子後生出了桃太郎

4. おじいさん、おばあさんは桃太郎を大切に育てた
老爺爺跟老婆婆細心照料桃太郎長大

5. 成長した桃太郎は、鬼退治のために鬼ヶ島へ旅立つ
長大後的桃太郎為了擊退惡鬼，啟程前往鬼島

6. 道中でイヌ、サル、キジに出会い、キビ団子を与えて家来にする
在路途中遇到狗、猴子、雉雞，並給牠們糯米糰子成為家臣

7. 鬼ヶ島で鬼を征伐
在鬼島討伐惡鬼

8. 鬼が所有していた金銀財宝を故郷に持ち帰る
將惡鬼的金銀財寶帶回家鄉
9. その後、おじいさん、おばあさんと仲良く暮らす
之後與老爺爺、老婆婆過著幸福的日子

這裡無須糾結於情節的次序，也可以按自己的方式自由分割資訊。無論是細分資訊，還是將類似的資訊統整在一起都沒關係。

譬如「おばあさんは川へ洗濯に、おじいさんは山へしば刈りに行った」這個資訊，可以拆分為「おばあさんは川へ洗濯に行った」與「おじいさんは山へしば刈りに行った」兩句話。

總而言之最重要的，其實是寫出盡可能想到的所有資訊。

從寫出的資訊中選擇比較重要的，捨棄非必要的，才是這個做法的精華。

於是接下來，要從這些資訊中決定一個最需要傳達給對方的核心資訊。

而為了傳達核心資訊，還需要什麼其他資訊？

這就是挑選資訊最主要的判斷基準。

譬如，假設我們選擇「7．鬼ヶ島で鬼を征伐」當作核心資訊，這麼一來可以認為5、6、8就是必要的補充說明。

若我們再加上2、3有關桃太郎的基本背景，就能統整出以下一百字內的文章。

老夫婦が川で大きな桃を拾う。その桃から桃太郎が誕生。成長した桃太郎は、鬼退治を決意し、鬼ヶ島へ旅立つ。キビ団子を与えて家来にしたイヌ、サル、キジとともに鬼を征伐。鬼の金銀財宝を故郷に持ち帰った。（共97字、含標點符號）

老夫婦在河邊撿到一顆大桃子，桃太郎從中誕生了。長大後的桃太郎決心擊退惡鬼，啟程前往鬼島。他用糯米糰子收服狗、猴子、雉雞為家臣，並與牠們一同討伐了惡鬼。最後他將惡鬼的金銀財寶帶回家鄉。

寫上這些資訊就足夠讓讀者掌握桃太郎這位主角，以及他所經歷的故事。

在需要撰寫句子繁多、資訊量龐大的長篇文章時，最重要的就是像這樣先梳理所有資訊。先梳理，再排除無用資訊。光是這麼做，就能讓你擺脫文章條理不清、雜亂無序的問題。

課 題 2

請寫出 100 字內的自我介紹

先將有關自己的資訊寫在便利貼上，並依照重要度排序吧。接著請各位根據這些資訊，整理一篇 100 字內的自我介紹。

POINT

標題要「開展、選擇、打磨」

如果想寫的是標題，那在句子中塞入很多資訊更不是個好主意。過多的資訊會模糊主旨，反而影響表達。

標題同樣是「一句話，一個訊息」。這是最高原則。

我們文案寫手也會在多不勝數的產品資訊中選擇一項最該傳達的訊息。優秀的廣告標語，往往只有一個訊息。

企劃書的標題也一樣。

在我從事的廣告業界裡，簡報用的企劃書是取得工作最重要的武器之一，因此我們會下很多工夫雕琢。

此時最被重視的，就是「讓人一目瞭然的技術」，因為文字密密麻麻的企劃書，讀者馬上就會跳過去。

以前我曾與某位大型廣告商的創意總監共事過，而在競標中連戰連勝的他，簡報企劃書的每一頁都只有一行字而已。

標題也要「一句話，一個訊息」，這是能在一瞬間吸引人們注意力的基礎。

◎不能在「標題」裡說明

舉個例子來解釋吧。假設現在要向經營餐廳的企業提案「可以增加女性顧客的點子」。而企劃書的第一頁，寫著這樣的標題。

話が弾む個室で、旬の野菜中心のおいしい糖質ゼロメニューで女子会を

在談笑風生的包廂內，用當季蔬菜為主的零醣料理開場女子會

各位是否覺得無論哪一項資訊都讀不進去呢?

為了詳細說明提案內容加入許多資訊，結果反而不知道標題想說什麼。

大多數的人往往會不小心，像這樣在標題裡說明具體內容。

但是標題並非內容的概要。

重要的是讓人看一眼就能知道產品的「魅力」.，標題是用來吸引對方的武器，為此我們必須精簡到只有一個訊息。

精挑細選你覺得最重要的事，再表達出來，訊息才真正有了力量。

如果想精選一個訊息，簡化剛才的標題，可以怎麼寫呢？

新提案！糖質0女子会

新提案！0醣女子會

這樣子是不是瞬間就能了解提案主旨呢？

這就是縮減資訊的效果。「話が弾む個室」（談笑風生的包廂）或「旬の野菜中心」（當季蔬菜為主）等詳細內容，從企劃書第二頁再依序解說即可。

精選一個訊息再發表，這才是創造深得人心的標題所需的關鍵。

◎專家也愛用的「標題撰寫」三步驟

那麼我們該如何選擇標題的訊息呢？

我相信各位現在心中應該會浮現各種疑問，譬如「就算要選一個，但想說的事情好多選不出來」或「不知道哪項訊息才能打動對方」。

沒有任何頭緒，突然就要鎖定一個訊息並非易事。

因此在此介紹一個許多文案寫手都會採用的標題撰寫法。想要精選一個訊息，創造打動人心的標題，有以下三個步驟。

①開展
②選擇
③打磨

接下來我會一一說明這三個步驟。

① 開展

首先，將你想表達的事情全部寫出來。

以前面「增加女性顧客的點子」為例，可以想像以下有這幾點。

話しやすい個室／旬の野菜中心／糖質ゼロの料理／SNS 映えするカラフルなサラダ／カロリーが低い／少量で品数が多い／お得感のある価格設定／レディスデー／オーガニックドリンクが充実

方便說話的包廂／以當季的蔬菜為主／零醣料理／適合發表在社群網站上五顏六色的沙拉／低卡路里／量少品項多／令人覺得划算的價位／Ladies' Day 女性優惠日／多樣的有機飲品

在這個步驟，盡可能地把所有能想到的事全部寫出來。

絞盡腦汁寫完後，將不同項目分門別類（如果先寫在便利貼上，這時就很方便進行分類）。

請將內容相近的項目集合在一起。這個動作稱為「島嶼分類」。分類後腦中自然就能浮現每個類別的標題，譬如這個島是「價格」，那個島是「健康取向」等等。

【環境】話しやすい個室

【環境】方便說話的包廂

【健康志向】旬の野菜中心／糖質ゼロの料理／カロリーが低い

【健康取向】以當季的蔬菜為主／零醣料理／低卡路里

【女性に好まれる】SNS 映えするカラフルなサラダ／少量で品数が多い／オーガニックドリンクが充実

【受女性青睞】適合發表在社群網站上五顏六色的沙拉／量少品項多／多樣的有機飲品

【価格】お得感のある価格設定／レディスデー

【價格】令人覺得划算的價位／Ladies' Day 女性優惠日

在分類後，可以發現各式各樣未曾注意過的要點，例如「環境上與其他餐廳相比並沒有太多突出之處」，或是「沒有與服務相關的項目」等等。

先想好每個類別的標題，再接連寫出符合標題的項目也是不錯的方法。而若是在思考途中想到新的類別，也不妨在其中追加各種項目。

在這個階段，不論增加多少想表達的事情都沒關係，這有助於選出更好的訊息。

②選擇

寫好想表達的事並分類後，就從中選擇其中一個一定要傳達給對方的類別。

可以套入各種基準來思考，譬如「最突出的提案內容是哪個？」或「最適合對象的是哪個？」

此時尤其重要的基準，就是考量到「目標（Persona）」。

「20到30多歲的女性」這種模糊不清的目標形象，無法幫助你做出更好的選擇，因為面對廣大客群的話語往往曖昧籠統，無法真正打動人心。

請想像一位詳細、真實的人物形象（Persona）。

在製作廣告時，皆會根據市場調查的資料，極為具體地描繪Persona。

年齡、職業、收入、家庭成員、興趣、煩惱、期待的事物等等，當我們在做選擇時，需要徹底且詳實地勾勒一個人的人物形象，才能選出最適合對方的訊息。

在這次的案例中，可以像以下這樣刻劃目標。

28歳の独身女性。飲料メーカーの人事部に勤務。年収400万円。趣味はヨガ。体重が増えてきたことが悩み。健康意識が高く、オーガニック食材を積極的に選んでいる。

28歲單身女性。任職於飲料公司的人事部，年收四百萬日圓。興趣是瑜珈。煩惱是體重持續增長。講究健康，總是積極選擇有機食材。

此時就要思考最能打動這個女性的類別是什麼？最關鍵的主題該是什麼？若身邊的熟人、朋友有接近目標形象的人，將那個人設為目標也可以。若可以設定具體的目標形象，就能邏輯清晰地說明選擇這個類別的理由，為企劃書增加說服力。

這次根據目標形象，我選擇「健康取向」這個類別。

那麼要選擇這之中哪一項訊息呢？

做出最終決定的關鍵基準，就是「別無分號」這件事。請各位選擇獨特性最高的訊息。

「旬の野菜中心」、「糖質ゼロの料理」、「カロリーが低い」。在這之中我會選擇「糖質ゼロの料理」，因為平常外食幾乎沒什麼機會看到標榜零醣的菜單。

③打磨

最後，將選好的訊息雕琢為適合標題的一句話，畢竟若企劃書的開頭寫的是「糖質ゼロの料理」，不僅看起來有些冷淡，也傳達不出提案的優點。

此時首先要表達出「想挑戰新事物」的熱誠，因此我加上「新提案」這個詞。接著為了明確表示「增加女性顧客」這個主旨，我不用「料理」，而是改用「女子会」，且為了使標題更吸睛，我也將「ゼロ」改成「0」。最後完成的就是「新提案！糖質0女子会」（新提案！0醣女子會）。

打磨語句時，要思考什麼事情可以打動「讀者」。

以企劃書而言，打動具有決定權的上司很重要，因此可以使用吸引上司注意力的關鍵字。而如果是網路報導或商家的產品標題，那對方就是消費者，此時依照類別與顧客Persona選用合適的語句，就是相當重要的準則。

打磨用字遣詞、展露文字精妙的技能，在第三章還有詳細的解說。

另外，想撰寫標題，還有「廣告」這個最棒的範本可以參考，重點是全部都免費。如果看到感覺很有趣、很喜歡的廣告標語，不妨做個筆記。在撰寫標題這種必須簡短有力的句子時，這些筆記一定能派上用場。

課題 3

選擇一個訊息

「開展」想表達的事物，分類並「選擇」，接下來讓我們試著實踐這兩個步驟吧。請各位寫出自己的優點，並為每個優點進行分類。最後，再從中選擇一個最符合自己特色的優點。

絕對規則

2

徹底甩掉句子的贅肉

◎刪減無用的字詞，讓句子更窈窕

一句話，一個訊息。

遵守這個原則，能大幅減短句子長度，使句子更好閱讀。

但其實還有一個造成句子冗長的原因。

那就是多餘的贅字。這些非必要的冗言贅字就是句子的贅肉，必須排除它們為句子瘦身。

不過句子的贅肉往往比我們想像的還多，在本節中將會舉出幾個代表性的例子。只要時刻留心排除這些無用的字詞，文章給人的印象就會煥然一新。

POINT

別深陷在「禮貌沼澤」之中

最具代表性的贅字之一，就是「過於禮貌的用語」。
「總之寫得彬彬有禮」這種心意反而會增加多餘的贅字。譬如以下文章。

新サービスは、これまでにない機能を付けさせていただき、クライアント様の売上アップにさらに貢献させていただきます。ご連絡をいただければ、すぐにご説明にお伺いいたしますので、ご検討いただけますと幸いでございます。

新服務增設了前所未有的功能，可以進一步提升顧客您的銷售成績。若您願與我們聯絡，我們會盡快前去向您說明。還請您仔細考慮，謝謝您。

這就像深陷「禮貌沼澤」，只能不斷開口吐出氣泡一樣，句中充斥無用的贅字。
我了解為了避免失禮，因此變得有點神經質的心情。但是，太多禮貌用語不僅難讀，更可能令人感到沉悶，反給對方留下不好的印象。

越誠懇的人越容易陷入「禮貌沼澤」

刪掉過多的禮貌用語後，即可調整為以下意思清楚的文章。

新サービスは、これまでにない機能でクライアント様の売上アップに貢献します。よろしければご説明に伺いますので、ぜひご検討をお願いします。
新服務透過前所未有的功能，進一步提升顧客您的銷售成績。若您願意，我們會盡快前去向您說明，還請您仔細考慮。

特別是以下舉出的四個「禮貌沼澤」，是任何人都可能不小心陷進去的危險用語。光是刪減這些贅字，你的文章就能變得更短、更好讀、更淺顯易懂。

禮貌沼澤 ①「いただき」

造成句子冗長難解的最大元凶，就是「いただき」（容我～）。

「～していただき」或「～させていただけますと」等等，「いただき」是幾乎每天都能見到的詞。會使用「いただき」的人，似乎也有喜歡在任何地方都加上去的傾向。

但其實，絕大多數的「いただき」只會使句子的通順程度惡化，徒增字數而已。我們有必要適當刪減，進行「いただき抜き」（拿掉いただき）的作業。

譬如，電子郵件可以像下面的例句般刪減。

ご提案いただき、ありがとうございました。
⇩ご提案、ありがとうございました。
非常感謝您的提案。

出張に行かせていただくため、欠席させていただきます。
⇩出張のため欠席します。
因為出差，請容我缺席。

打ち合わせをさせていただけますでしょうか。
⇩打ち合わせをお願いします。
還請您與我碰面討論。

如何？藉著「いただき抜き」，每句話都變得簡短俐落，意思明確了吧。

不限於電子郵件，企劃、產品及服務的說明文也相同。即便文章的對象是顧客，但太過禮貌會給人繁瑣、雜亂的感覺。在多數時候，果斷採行「いただき抜き」更有助於清理文章。

今すぐお申し込みいただければ、明日からご体験いただけます。
⇩今すぐのお申し込みで、明日から体験できます。
立即申請，從明天開始就可以體驗。

アプリをダウンロードしていただいた方に、お得な情報を配信させていただきます。
⇩アプリをダウンロードすると、お得な情報が配信されます。
下載App，我們將會傳送優惠資訊。

1000円お買い上げいただくごとに、50ポイントをプレゼントさせていただきます。
⇩1000円お買い上げごとに、50ポイントをプレゼントします。
每消費一千日圓，就贈送50點數。

當然，偶爾的確也有必須使用「いただき」的情況。

但基本上刪減「いただき」絕對有助於書寫便於閱讀的文章。

一句話中若出現多個「いただき」，不僅句子會變太長，看起來也不舒服，請務必放下想用這個詞的念頭。

禮貌沼澤② 「してあげる」「してくれる」

前陣子我曾看過某烹飪節目上，一位料理專家這麼說。

「鶏肉に衣をしっかりつけてあげたら、低温でじっくり揚げてあげてください。さっくりと揚がってくれるんですよ」（請仔細地將雞肉裹上外衣，再用低溫細心油炸。它會炸得酥酥脆脆的喔）

曾幾何時，「～してあげる」（為～做）與「～してくれる」（～為我做）竟獲得如此地位了。無論在食譜還是化妝品說明文中，都時常能見到它們的身影。為什麼社會上這麼常用，讓我百思不得其解。

愛用「あげる」與「くれる」的人，或許深信這是一種很有禮貌的用法。但其實，這完全不需要。

尤其在書面語中，「あげる」與「くれる」根本只是句子的累贅。請各位多加注意，盡力刪減，讓文章看來更加洗鍊。

「ペットフードは、成長に合わせて選んであげてください。
⇩ペットフードは、成長に合わせて選んでください。
請配合成長階段選擇寵物食品。」

「目もとにハイライトを入れてあげると、印象が明るくなってくれます。
⇩目もとにハイライトを入れると、印象が明るくなります。
若在眼周畫上高光，可以給人明亮的印象。」

「粉をしっかり捏ねてあげることで、より弾力が出てくれます。
⇩粉をしっかり捏ねると、より弾力が出ます。
仔細揉捏麵糰，麵糰會更有彈性。」

禮貌沼澤③「していただいてよろしいでしょうか」

請求別人時，最常用的就是「～していただいてよろしいでしょうか」（是否可以請您～）。這個句型同樣也是造成句子變長，過於禮貌的用語之一。

如果你想向對方請求什麼，就將「～していただいてよろしいでしょうか？」替換成「お願いします」（麻煩您了）吧。

用「～してください」（請您～）可能有一點高姿態，聽起來不太舒服，但若改用「お願いします」，既能保持禮貌，也能縮減成較短的長度。

売上アップにつながるよう、企画をブラッシュアップしていただいてよろしいでしょうか。

⇩売上アップにつながるよう、企画のブラッシュアップをお願いします。

麻煩您改進企劃內容，以提升銷售成績。

納期を短縮していただいてもよろしいでしょうか。

⇩納期の短縮をお願いします。

麻煩您縮短交期。

如果想用更為禮貌的形式，也能在表現上做些調整，例如「お願いいたします」、「お願いしたく存じます」、「お願いできますと幸いです」等等。

先日のご提案ですが、再考していただいてもよろしいでしょうか？
⇩先日のご提案、再考をお願いできますと幸いです。
前幾天的提案，還請您重新考慮。

禮貌沼澤④「のほう」

「のほう」（～的這方比較～）主要是用在「AよりBのほうが優れている」（B這方比A還要優秀）等等，用來比較兩者的句子中。

不過也有人將「のほう」當作一種禮貌的用字，譬如「メニューのほうお持ちしました」（為您送上菜單）或「お弁当のほう温めますか？」（要加熱便當嗎？）等等，也就是所謂的打工敬語。

這同時也是令文章不便閱讀的原因之一，文章的語意容易變得含糊不清。

資料のほう、お送りしました。
⇩資料をお送りしました。
我寄出資料了。

次回の定例会は、会議室Aのほうになります。
⇩次回の定例会は、会議室Aになります。
下次定期會議在會議室A舉行。

如同例句，即使沒有「のほう」也絲毫沒有問題。
請將以為是禮貌用語的「のほう」全部去除，保持文章的簡潔。

課 題 4

修改陷入禮貌沼澤的郵件

請從以下例句中，找到令句子難讀的「過於禮貌的用語」，並重新修改成簡潔好讀的句子。

例句

ご注文書のほうをFAXでお送りいただいた場合、確認させていただくまでにお時間がかかります。お急ぎの場合は、メールにてご注文いただいてもよろしいでしょうか。

若您使用傳真傳來訂單，我們需耗費時間才能確認訂單收達。若有急需，是否可以請您使用電子郵件下訂。

範例答案

FAXでのご注文の場合、確認までにお時間がかかります。お急ぎの場合は、メールでのご注文をお願いします。

POINT

習慣用字的兩大巨頭「という」「こと」

「という」跟「こと」，這兩個字是最常不小心寫進句子的兩大習慣用字，可說是不知為何就想加進文章的「贅字」第一名。無論自己怎麼想，手就是會不由自主地寫下這兩個字。

的確，有的時候是必要的，甚至有可能加進句子才便於理解文章的意思。

但是，大多數時候這兩個字都是沒有意義的。

習慣寫這兩個字的人，請有意識地刪除它們。

習慣用字①「という」

「という」只會無謂地拉長句子，幾乎所有時候都可以刪掉，意思也不會產生變化。

雖然時常不小心寫出來，但這個「という」其實是幾乎無用的詞。

若寫出含有「という」的句子，請試著刪掉它。

如果刪掉後仍然通順，那麼這個「という」就是不必要的字。以後撰文請積極刪掉「という」，直截了當地表達意思。

日程が変わったということを知りませんでした。
⇩日程が変わったことを知りませんでした。
我不知道日期更改了。

リモートワークが増えているということもあり、部署内での連絡方法を変更したいと思います。
⇩リモートワークが増えていることもあり、部署内での連絡方法を変更します。
因應遠距辦公的趨勢，我將變更部門內的聯絡方式。

習慣用字②「こと」

「こと」也是許多人無意間會寫出來的習慣用字。其實我自己也有愛用「こと」的壞習慣，所以總是保持會警惕。

當「こと」出現太多次，就會變成一篇拐彎抹角又囉嗦的文章。我熟識的編輯也曾說過，若文章中出現「こと」，他一定會再重新審視整篇文章。

當然，有時候放進文章確實比較好，只是多數情況還可以用其他更洗鍊的詞彙代替。

譬如剛才「という」的例句裡也出現了「こと」。如果再把「こと」刪掉，句子會進一步變得簡潔。

「
日程が変わったことを知りませんでした。
⇩日程の変更を知りませんでした。
我不知道日期改了。
」

「
リモートワークが増えていることもあり、部署内での連絡方法を変更します。
⇩リモートワークの増加もあり、部署内での連絡方法を変更します。
因應遠距辦公的趨勢，我將變更部門內的聯絡方式。
」

採用更洗鍊的詞彙，句子看起來也精簡許多。

我們再來看看其他的例子。

「
目標を達成することができ、いっそう絆を深めることができました。
」

⇩目標を達成でき、いっそう絆を深められました。

不僅目標達成，也加深了情誼。

シニア世代がストレス発散できることを目標としました。

⇩シニア世代のストレス発散を目標としました。

以紓解高齡世代的壓力為目標。

各位覺得如何呢?拿掉「こと」後，文章顯然變得更為通順好讀。

當文章出現「こと」時，就是加強文章表現的機會。請各位有意識地刪減、轉化它吧。

課題 5

試著刪減「という」與「こと」

請刪減以下例句中的兩大習慣用字。

例句

明日の定例ミーティングですが、会議室がAからBに変わるということです。急な変更でご迷惑をおかけすることになりますが、よろしくお願いします。

明天的定期會議，會議室將從 A 改到 B。倉促變更相當抱歉，再麻煩您前往 B 了。

範例答案

明日の定例ミーティングは、会議室がAからBに変わります。急な変更でご迷惑をおかけしますが、よろしくお願いします。

POINT

九成的接續詞皆非必要

接續詞常被形容為指示文章去處的方向燈，只要善加利用，讀者就不會迷路，能妥善達成連接句子的任務。

但是接續詞太多反而會影響通順程度，使文章讀起來生硬而拖沓。以下的句子即是一例。

前期は、新規顧客獲得の目標数が未達となりました。ですので、今期はよりネットでのプロモーション活動を重視します。したがって、早急に活動内容を精査してください。

上一期未能達成新客戶的目標人數。所以，本期要更重視網路上的宣傳活動。因此，請盡快檢視活動內容。

非必要的接續詞截斷了文章，沒辦法流暢讀下去。接續詞是把雙面刃，既可能改善文章，也可能惡化文章。

即使是以撰文為業的寫手也會分成兩派，一派認為「應積極使用接續詞」，另一派則認為「應盡力減少接續詞」，雙方意見都有其道理。

但是，為工作而撰寫的文章，往往會將長句視為累贅，應採用「盡力減少接續詞」的方針。盡可能減少接續詞，才可以使文章簡明扼要。

那麼，該省略哪一個呢？

基準是「沒有接續詞也能通的話就省略」。

お祝いのお花はすべてお断りしています。ですので、お気使いは不要です。

我們婉拒所有祝賀的花禮。所以，請不用費心。

⇩お祝いのお花はすべてお断りしています。お気使いは不要です。

我們婉拒所有祝賀的花禮。請不用費心。

社長から若年層への配慮が足りないとの意見がありました。そこで、再検討をお願いします。

社長的意見是這樣未考量到年輕族群。因此，再麻煩您重新檢討。

「
⇩社長から若年層への配慮が足りないとの意見がありました。再検討をお願いします。
社長的意見是這樣未考量到年輕族群。再麻煩您重新檢討。
」

如例句所示，有許多接續詞即使省略也不影響理解，縮短句子後反而看起來更好讀。要是感覺文章讀起來節奏感不好，那接續詞可能就是元凶。刪減後意思也能通的話，就拿掉。就從今天開始，戒掉放入多餘接續詞的習慣吧。

◎放入接續詞比較好的兩種情況

不過另一方面，有時候放入接續詞會比較好。其中一種情況是「逆接」的接續詞。當後句的內容不符合前句的預期時，便會使用「しかし」（但是）或「ところが」（然而）等逆接接續詞。

逆接接續詞有助於讀者預測文章的發展，順利地閱讀下去。從這點來看，其功能確實像是車子的方向燈。以下是例句。

調査結果を反映して商品をリニューアルしました。しかし、売上は目標を下回りました。

根據調查結果更新了產品。但是，銷售額卻低於目標。

此外，「添加」的接續詞也很有用。

想為前面的內容進一步補充新的內容時，使用「さらに」（更加）、「しかも」（而且）、「そして」（並～）、「そのうえ」（再加上）、「それどころか」（不僅如此）等等接續詞。

這類添加接續詞，可活用於強調後句補充內容的情況。

男性も肌あれに悩み、肌質にあったスキンケアを探しています。

男性也會煩惱肌膚問題，尋找適合膚質的護膚產品。

⇩男性も肌あれに悩み、そして肌質にあったスキンケアを探しています。

男性也會煩惱肌膚問題，並尋找適合膚質的護膚產品。

B社は研究力に強みがあり、営業力も抜きん出ています。

B公司研發能力強，銷售能力也很突出。

⇩B社は研究力に強みがあり、そのうえ営業力も抜きん出ています。

B公司研發能力強，加上銷售能力也很突出。

加上「そして」或「そのうえ」後，句子後半的「肌質にあったスキンケアを探しています」（尋找適合膚質的護膚產品）與「営業力も抜きん出ています」（銷售能力也很突出）更能留下印象。如果撰寫文章時有想要強調的內容，適時善用「添加」的接續詞是相當有效的。

不過，若不打算強調後面句的訊息，只希望句子整體看起來流暢，那麼還是省略這些接續詞比較好。

課題 6

試著省略接續詞

請盡可能刪減下列例句中的接續詞。

例句

ワンセンテンスの文字数が多すぎると文章は読みづらくなります。なぜなら、余計な情報が詰め込まれている可能性があるからです。したがって、一文60字以内、ワンメッセージを基準に文章を短くする必要があります。

若一句話內的字數太多，文章會變得難以閱讀。要說為什麼，因為句子可能塞進了多餘的資訊。因此，必須以一句60字以內、一句一個訊息為基準縮短文章。

範例答案

ワンセンテンスの文字数が多すぎると文章は読みづらくなります。なぜなら、余計な情報が詰め込まれている可能性があるからです。したがって、一文60字以内、ワンメッセージを基準に文章を短くする必要があります。

絕對規則

+1

最後要「潤稿」

遵守這兩個絕對規則後，就到了完稿前的最後一步。即使有些麻煩，但寫完後一定要重新閱讀，並進行潤稿。

許多專業寫手，會將稿件放置一到三天左右的時間後再潤稿，這是為了客觀審視自己的文章。

◎靜置一晚，用紙本回顧

特別是企劃書或新聞稿等等，都應該放置至少一個晚上後再潤稿。

人的精神狀態會因為文章撰寫完成，獲得安心感與成就感而高漲，就算重讀、校對也很難發現錯誤。睡了一覺後，才能以正常、冷靜的心態檢視文章。

自己以為充滿熱忱的佳句其實文理不清、讀起來很囉嗦，相反地最關鍵的地方卻說明不足。只有冷靜過後，才能注意到新的問題。

用紙本潤稿也是一個重點。

我會在寫完文案後放置一個晚上，隔天列印出來，用紙本再讀一遍。這個做法幫助我用不同於看螢幕的感覺閱讀，還能發現各種未曾注意過的細節。

在某項腦科學實驗中，證實人腦在觀看紙本與螢幕時，會產生完全不同的反應。實驗結果顯示，觀看紙本會活化處理資訊的前額葉皮質，可說比起螢幕，紙本讓人類了解資訊的效果更為優異。

而且比起觀看螢幕，閱讀列印出來的紙本，也更貼近讀者實際閱讀時的感受，因此我衷心推薦這個方法。

想檢查文章節奏感是否恰當，出聲朗讀也很有效。實際讀出聲音，可能會帶來新的發現，譬如「這邊讀起來有點亂」或「這個接續詞擾亂了節奏感」等等。

只要像這樣潤飾文章，文章應該會變得更方便閱讀、更簡潔易懂吧。

沒有任何人能夠一口氣寫出完美的文章，大家都是在反覆檢視與校潤中，才能完成一篇好文章。

若是電子郵件或社群軟體的對話，可能沒有放置一晚的時間。

但仍務必至少看過一遍，再送出訊息。光是這麼做，別人對你的評價肯定會有巨大轉變。

COLUMN

從名家的文章技巧學習①

大野晉老師《日語練習簿》

成為廣告文案寫手後，我拜讀過許多關於寫作技巧的書。

因為我一想到自己的文章會展露在世人面前，心中就充滿不安，懷疑自己的日語到底有沒有問題。

我從孩提時代就喜歡看書，惟有作文特別擅長。然而回想討厭唸書的學生時代，總對自己的國語能力沒什麼自信。

在各式各樣的寫作教學書中，最令我感到有趣、甚至讀得津津有味的，是大文豪或國語學者們所撰寫的文章讀本。

其中從國語學習的觀點啟發我最多的，則是國語學者大野晉老師的《日語練習簿》（日本語練習帳，岩波新書）。

這是一本一邊回答練習題，一邊訓練日語能力的書，自一九九九年發行以來，累計發行量已經超過一百九十萬本。對想要磨練日語能力的人而言，書中內容可說字字珠璣，充滿吸引力。如果能讀通這本書，想必任何人都能加倍提升日語能力吧。

大野老師在本書留下這樣的分析。

> 日語文章之難解程度，與句子的長度呈正比關係。可以說光看字數，就能知道文章有多不容易理解。此外，長句的內容繁雜瑣碎，欠缺條理。

「長句欠缺條理」正是我一直想表達的含意，也是我很重視的原則之一。

老師在書中也寫道，他曾在大學的課堂上出過「精簡報紙的社論」這個功課。

> 我認為精簡社論的文章三十次是有效的方法。什麼？三十次？或許各位會這麼想。然而，堅持不懈地練習，過程中就能培養出銳利的眼光，可以更快抓住關鍵重點，大幅提升書寫能力。

大野老師提出的功課，是將一千四百字的社論精簡到只剩四百字，而且要三十次，可說相當艱難。但是從以下文章，可以知道這個訓練方法深受學生好評。

某位學生跟我說，在他開始上班後「那份精簡社論的課程最有用處」。另外還有位學生在出版社工作，得到「你很擅長寫書腰」的稱讚。

大野老師舉出以下幾個精簡文章時的重點。

- 相鄰的句子不要重複用相同的表現
- 從相似的單字中選擇適當的代替
- 審視寫好的文章，精確使用標點符號
- 調整文章整體的節奏感

提醒自己注意這些重點，並反覆練習精簡文章。這是書中所介紹提升寫作能力的方法。

不過，將一千四百字濃縮成四百字確實頗有難度。

從較為寬鬆的字數限制開始或許比較容易些，譬如將報紙或網路新聞的報導濃縮成半個篇幅等等。

想要提升寫作能力的人，還請一定要挑戰看看。

第 2 章

易懂

藉由「數字」的力量擺脫含糊不清的長句

「數字」是優秀文章的遠程武器

◎「快速又精確地寫出好文章」是最強的技能

在工作上，寫文章的目的可說百百種，如郵件或報告書的目的是「傳遞訊息」與「指示」，企劃書與新聞稿的目的是「說明」與「說服」。但無論是哪一種，最好都能快速、簡潔、精確地傳達我方的意圖。

或許有人會認為「用電話或直接見面告訴對方不就好了？」可是近年來，也有許多人因為不喜歡自己的步調被打亂，所以討厭通電話。

而且如今已是遠距辦公的時代，書寫文章的工作只會不斷增加，無法再像過去那樣逃避了。現在，「快速又精確地寫出好文章」是商務人士必備的技能。

因此在第二章中，我將介紹能夠向對方快速、精確傳達我方意圖的文章表現法。這樣的技巧可以幫助對方瞬間理解商品、企劃的優點或指示的內容，讓各位獲得期待的結果。

◎只要放入數字，句子更好懂十倍

為了寫出快速、精確的文章，最簡單也最能立竿見影的做法，就是活用「數字」。數字可以幫助對方理解文章，增加文章的表現力，這是因為數字可使文章產生「具體性」與「說服力」。

在各種廣告中，我們常見到運用數字力量的標語。

がんは、万が一じゃなくて二分の一。（日本對癌協會）

癌不是萬一，是二分之一

ニッポンの0・01ミリ台（岡本）

日本的 0.01 毫米

牛一頭食べたとしても、999円。（FOODMAN）

吃了一頭牛也只須，九百九十九日圓

英語を話せると、10億人と話せる。（GEOS）

會說英語，就能跟十億人說話

數字的力量也不只活躍於廣告標語中。請看看以下沒有包含數字的文章。

企業などのAIへの総投資額は、ここ数年で非常に増えており、そう遠くない未来に、AIやロボットが人類に代わって想像以上に多くの仕事をこなす新たな世界が訪れる。

企業等機構對AI的投資總額在這幾年增加非常多，在不久的將來，AI與機器人代替人類，完成比想像中更多工作的新世界即將到來。

各位是否覺得內容頗為抽象，意思不太明確呢？

雖然句中做了許多說明，但「新たな世界が訪れる」（新世界即將到來）這個主張，卻感受不到什麼說服力。這是因為，整個句子由「非常に」（非常）、「そう遠くない未来」（不久的將來）、「想像以上に」（比想像中更……）等等抽象的語詞所構成。

將這些語詞替換成數字後就是以下的文章。

企業などのAIへの総投資額は2024年に20年の兩倍の約12兆円に増え、世界の自動車産業の研究開発費に迫る。（中略）30年代半ばにはAIやロボットが人類に代わって、最大3割の仕事をこなす新たな世界が訪れる。

企業等機構對AI的投資總額在二〇二四年將增加到20年的兩倍，也就是約12兆日圓，接近全世界汽車產業的研究開發費總額。（中略）在30年代中期，AI與機器人代替人類，完成最多三成工作的新世界即將到來。

（《日本經濟新聞》2021年5月24日）

各位覺得如何呢？雖然內容相同，但用數字表達的文章遠比前者更能向對方傳達文章內涵，也更具說服力。

接著來看另一個例子。

這是在郵件中向工作人員做出指示的一句話，請試著比較以下兩句話的差異。

Ⓐ 明日は雨の予報が出ています。イベントの雨対策をお願いします。

明天已發出降雨預報，請做好活動的防雨對策。

Ⓑ 明日は降水確率90％です。イベントの雨対策をお願いします。

明天的降雨機率為90％，請做好活動的防雨對策。

「降雨預報」改成明確的數值「降雨機率90%」，不僅資訊更具體，也傳達出文章的緊張感。分別接到A與B不同訊息的工作人員，想必心理準備也會截然不同吧。

除了強大的說服力與具體性外，數字還具有一目瞭然的速度感，請比較以下兩個句子。

Ⓐ シンプル極めた、超節約レシピ
極致簡單的超節約食譜

Ⓑ シンプル極めた、100円レシピ
極致簡單的一百圓食譜

改成「一百圓」便能瞬間了解「節約」的程度。雖然「超節約」的解釋因人而異，但「一百圓」一眼就能看懂句子想表達的內涵。

也請比較看看以下的例句。

Ⓐ 薄くてコンパクトな設計
輕薄小巧的設計

Ⓑ 薄さ2㎝のコンパクト設計
薄2㎝的小巧設計

A 少し入れるだけでプロの味
稍微放一點就是專家的味道

B 小さじ1杯でプロの味
放一小匙就是專家的味道

不論是哪個例句，都能看出用數字進行表達更為有效，也更吸引人。

只要像這樣運用數字，文章的傳達力就能大幅提升數倍；數字不僅具體，而且說服力強，還具有一目瞭然的速度感。

數字是實現文章渲染力的最強武器。

接下來我將介紹數字的「三個活用法」。

1 用「含數字的文章」打動人心（→95頁）
2 透過「含數字的成句」留下深刻印象（→107頁）
3 「含數字的溝通」能更快更準確地表達意思（→117頁）

那麼就讓我們來看看具體的說明吧。

如何撰寫直達讀者內心的「含數字文章」

◎人心會對數字有反應

廣告這份工作總讓我認為，沒有任何事物強過事實，若已經用數字證明事實的存在，那更是幾近無敵。

沒有任何語詞比數字更具有訴求力，更能打動人心。

雖然廣告重視的是形象，但消費者的心往往都是被數字所說服的。

相較於「生地の伸縮率を改善し、さらに動きやすくなりました」（改善了布料伸縮率，變得更方便活動），「生地の伸縮率が兩倍になって、さらに動きやすくなりました」（布料伸縮率達到兩倍，變得更方便活動）應該更吸引人。

比起「糖質を大幅カット」（大幅減醣），大家會更在意「糖質を90%カット」（減醣90%）。

想挑選琳瑯滿目的商品時，我們的視線總是會看向「1」這個數字。「売上ナンバー1」

（銷售第一）、「ベストコスメ第1位」（最佳美妝第一名）、「クチコミ1位」（網路評價第一名）等等，所謂的「第一名戰略」至今仍非常好用。

傳單、海報、網路廣告等也都喜歡在標語中放入數字。「合格率89％」（合格率89％）、「リピート率9割」（回流率九成）、「ご愛用者10万人突破」（使用者突破十萬人）等等，各位應該都看過這類的廣告。

具體數字的訴求力在許多場合都相當方便好用，也廣受大家青睞。

請拋棄「女性討厭數字」這種偏見，絕對沒這回事。化妝品廣告多的是數字。

無論什麼類型的商品，譬如「肌への浸透率20％アップ」（提升20％肌膚滲透率）或「12時間化粧くずれなし」（12個小時不脫妝）等等，也總會用數字進行推銷。

以下我們來看看化妝品品牌「雅詩蘭黛」的長銷美容液，俗稱小棕瓶的「特潤超導修護露」在網路上（二〇二一年七月）的宣傳詞，可以發現運用數字的宣傳詞幾乎是隨處可見。

・美しい肌の24時間リズム

美肌的24小時韻律

・35年を超える独自の研究

超過35年的獨家研究

・世界中で3秒に1本売れている

全世界每3秒就賣出1瓶

・美容誌3冠達成

美容雜誌3冠殊榮

・1滴の力

1滴的力量

・1本の感動

1瓶的感動

・平均4.7の高評価

平均4.7的好評

・99%の回答者が「これを友達におすすめしたい」と言っています

99%的回答者都說「想推薦給朋友」

・毎日たった10秒

每天只要10秒

隨便挑幾句都是滿滿的數字。

不論什麼性別，數字作為打動人心的工具早已深受各界的認可。

我們在工作的文章上也能活用數字的這股力量，撰寫企劃書或簡報資料等各種場合，皆是數字派上用場的好時機。

POINT

找出能打動人心的數字

如果想在宣傳資料、新聞稿、簡報中用數字打動對方的心，就從發掘數字這件事開始做起吧。重新審視企劃或商品，從中釐清可以數值化的資訊，或許裡頭就隱藏著具有潛力的數字。這裡以「人才媒合平台」向徵才企業宣傳的資料為例，實際找尋藏於其中的數字。另外，這裡的數字全都是我的創作，並非真實資訊。

首先，盡可能地整理與自家平台有關的數字。

- 600万人の転職希望者が登録
  有六百萬轉職志願者註冊
- アンケートで採用企業様の91%が「満足」と回答
  有91%徵才企業在問卷上回答「滿意」
- 8分に1人のペースで採用が決定
  每八分鐘有一人被錄取

・20代転職希望者の認知度ナンバー1

20～29歲轉職志願者知名度第一名

・35歳以下の会員が65%を占める

35歲以下會員佔65%

只要將這些整理出來的數字用在宣傳資料、簡報或新聞稿中，就能創作出更具說服力，能吸引更多目光的文章。

試著用前面列舉的數字為基礎，撰寫宣傳資料的說明文。

弊社サービスは600万人もの会員を抱え、20代転職希望者の認知度で業界ナンバー1を獲得しています。35歳以下の若手会員が65%を占め、「8分に1人」のペースで採用が決まる人気サービスです。9割以上の採用企業様から高い評価を得ています。ぜひ、ご検討をお願いします。

有六百萬名會員使用本公司的服務，在20至29歲轉職志願者中的知名度為業界第一。35歲以下的年輕會員佔65%，以「每八分鐘一人」的速度錄取，廣受各界歡迎。我們也獲得九成以上徵才企業的高度評價，還請您仔細考慮。

從這篇文章拿掉所有數字後，就能發現文章會變得索然無味。

弊社サービスは、業界屈指の会員数を誇り、若手転職希望者からも高い認知を得ています。若年層の会員が多く、多数の採用を実現している人気サービスです。多くの採用企業様から高い評価を得ています。ぜひ、ご検討をお願いします。

本公司的服務擁有業界首屈一指的會員數，在年輕轉職志願者中有很高知名度。年輕族群的會員很多，實現了有許多成功錄取的案例，是大受歡迎的服務。我們也獲得多家徵才企業的高度評價，還請您仔細考慮。

可以說數字是文章中，最能打動人心的精華所在。

◎比起「約百分之百」，「98％」更能引起共鳴

在發掘數字的過程中希望各位注意到的是，請盡可能使用具體且真實的數字。「含糊的數字」無法打動人心。

譬如不是業界第一名的企業，即便用「業界ナンバー1クラス」（業界第一名的水準）這種曖昧不清的表現，也無法觸動對方的內心。

エイビスはレンタカー業界で2位です。なのに、なぜ利用するのでしょう？
(Avis is only No.2 rent a car. So why with us?)
安維斯租車是租車業界的老二。那為何選擇我們？

這是美國租車公司「AVIS安維斯租車」過去曾打出的廣告標語，可說是在廣告文案界無人不知無人不曉的經典名作。在這句標語下其實還接著「2位だからこそ一生懸命がんばります」（We try harder.）（因為是第二名才拚命努力）的廣告正文。

公然宣示自己是老二的安維斯租車，之後的業績突飛猛進。他們聚焦在第二名這個事實，並用自己獨特的思路將其轉變為強項，而這正是他們大獲成功的關鍵。

在日本，電信業界第二名的KDDI也曾用「第二名讓世界變得有趣。」這個廣告標語，打出自己的老二戰略。

既然是業界第二，就堂堂正正主張自己是第二，將其轉變為自己的優勢就好，這樣才能打動對方的心。

人比起「約百分之百」，更信任「98%」。請各位記得，真實具體的數字，才是引起對方共鳴的不二法門。

◎讓數字吸引力加倍的秘技

如果想進一步加強數字的吸引力，那麼列舉幾個數字來比較也是相當有用的方法。

譬如，在前面例子中的「600万人の転職希望者が登録」（有六百萬轉職志願者註冊）。

如果讀者只看到這個數字，無法掌握這樣究竟是多大的規模。

転職希望者900万人のうち、600万人が登録。

轉職志願者九百萬人中，有六百萬人註冊。

像這樣提出用來比較的數字，就可以強調註冊人數的數量之多。

如果將「35歳以下の会員が65%を占める」（35歲以下會員佔65%）這個資訊也如同下面般用其他數字來比較，應該更可以體會這是多驚人的數字。

35歳以下の会員が占める割合は、業界平均42%に対して65%です。

相較於業界平均的42%，35歲以下會員所佔的比例高達65%。

各位覺得如何呢？

應該更能表現出這個數字的價值吧。

比較數字間的差距，便可以發揮數字更大的力量。還請各位多加活用這個小技巧。

尋找身邊含有數字的廣告標語

生活中用於各種商品或服務，而且內含數字的廣告標語，可以當作我們選用數字時的參考。請試著觀察周遭，尋找並記錄可以打動人心的廣告標語吧。

範例答案

2 人に 1 人が愛用　2 人中就有 1 人使用

全国 40 エリアで展開　在全國 40 個區域設店

マッチング率 92%　配對率 92%

糖質 20%オフ　減醣 20%

レモン 70 個分のビタミン C　等於檸檬 70 顆檸檬的維他命 C

カロリー 50%オフ　卡路里減少 50%

3 秒に 1 個売れている　每 3 秒賣掉 1 個

透過「含數字的成句」留下深刻印象

◎若是數字，就能留在腦海中

數字不只有打動人心的力量。

好記、印象深刻更是一大優點。

廣告標語、格言、口號等等，有許多成句或慣用語都使用了數字。這同樣是因為數字可以讓句子更好懂，增加說服力，加深對句子內容的記憶。

大正製藥的「ファイト一発（Fight 一發）」或森永製菓的「10秒チャージ（10秒充電）」等都是使用數字的著名廣告標語。

日本各地隨處可見的交通標語「注意一秒、怪我一生」（注意一秒、傷害一生），如果當初是寫成「稍微注意就能避免重大傷害」，還能像現在這樣牢牢記在人們心中嗎？

數字這種「深留記憶」的效果，可以活用在各式各樣的文章中。

- 簡報資料或企劃書的標題
- 新聞稿或宣傳資料上的商品特色
- 履歷的自我推薦文

想要在對方心中留下深刻印象時，使用數字是最有效的方法之一。具體該怎麼運用數字，會在以下的 Point 中介紹。

POINT

想聚焦在重點上就用「三」

各位知道「神奇數字7±2」這個法則嗎？

一九五六年，哈佛大學的心理學家喬治·米勒發表了一篇論文。論文提到，人的短期記憶能記住的事物會落在七加減二的範圍內（也就是五到九個）。

到了二〇〇一年，密蘇里大學的心理學家尼爾森．考恩則提出了「神奇數字4±1」的新版法則，主張人的短期記憶應在三到五個的範圍內。

這些學說令人恍然大悟。的確，我們人沒辦法一口氣記住太多東西。各位可以發現，實際上在整理並歸納某些事物時，我們多半會用「三」來當作基準。在運動賽事裡，無論何時，排名的標準都是「前三名」。

想要介紹某個領域中最具代表性的事物時，也會用到「三」這個數字，譬如「三大〇〇」或「御三家」等等。

這可不僅限於日本，全世界也喜歡用「三」，如「三大美女」或「三大發明」。不知是否這個緣故，許多國家的國旗也喜歡採用三色旗。「三」是全世界共通的神奇數字。

就算說某件事物有「十大特長」，我們也沒辦法一次就全部記起來。

任何規定或原則，只要超過三個就讓人覺得麻煩，一點也提湧不起幹勁。

閱讀雜誌或網路新聞也可以知道，有許多標題都會用「三」來進行統整，譬如「精明能幹的人三種做事方法」或「這個夏天最想去的三大絕景」。

最深植人心的數字「三」，當然也能運用在工作上。

簡報、宣傳資料、履歷的自我推薦文等等，也能將重點整理成三項，寫成「三個規則」、「三大法則」、「三種優勢」等，更有利於在對方心中留下深刻印象。

- 本企画の三大ポイント
  本企劃的三大重點
- リニューアルする3つのメリット
  更新的三個優點
- 新商品が売れる3つの理由
  新商品熱銷的三個理由
- 私が貴社に貢献できる3つの理由
  我能為貴公司做出貢獻的三個理由

若只是鎖定三個重點就能改變結果，那當然沒有不試試看的道理。

POINT

將「強項」替換成數字

企劃書開頭的標語、做簡報時關鍵的一句強調等，當希望對方可以深刻記住你的主張時，數字也是你最好的工具。

蘋果公司創辦人史蒂夫·賈伯斯，生前以用精湛的口號發表新產品的演講方式聞名於世。

「ポケットに1000曲」（iPod）

口袋放一千首歌

「世界で1番薄い」（MacBook Air）

世界第一薄

「速度は兩倍、価格は半分」（iPhone3G）

速度兩倍，價格一半

無論哪一句，聽過就令人難忘。而每一句的共通點是，商品最大的強項都替換成了數字。

想要創造簡短好記的廣告標語時，首先都請思考可不可以將產品的「強項」替換成數字。光是用數字表達「強項」，就能創造出深植人心的標語。

譬如，若是想強調「速度」這個強項，可以像以下例句般表示成用數字表現。

「素速く完成する新食品
快速完成的新食品
↓1、2、3で完成する新食品
數一、二、三就完成的新食品」

「あっという間に仕上がる
一轉眼就完成
↓1秒で仕上がる
一秒就完成」

若是「簡單」這個強項，也能像以下這樣替換。

すべての操作がとても簡単！
所有操作都非常簡單！
↓1クリックで完結！
一鍵完成！

驚くほど簡単！
簡單到嚇人！
↓たった3ステップ！
只要三步驟！

書寫履歷時，也可以考慮是否可以將自己的優點與經歷替換成數字。

豊富な実務経験
豐富的實務經驗
↓在籍3年で100件以上の案件を担当
在職三年負責過一百件以上的案件

「圧倒的な行動力
超強的行動力
↓1日平均50件の新規テレアポを実施
一日平均50件的新客戶電訪」

除此之外，有許多強項都可以用數字來表示。○次、○秒、○日、○倍、○%、○公克……這些數據都可以考慮是否能替換成數字，光是如此就能輕鬆創造出能深刻留在記憶裡的口號。

「耐久性が格段にアップ
耐久性有顯著提升
↓10万回の耐久テストに合格
在十萬次耐久測試中合格」

「マンツーマンで徹底指導
徹底一對一教學」

↓1対1でみっちり90分指導

扎實的90分鐘一對一教學

ていねいにカウンセリングします

細心進行諮商

↓1日1組限定のカウンセリング

一天限定一組的諮商

課題 8

將你的強項替換成數字

請用數字表達你的強項。

範例答案

リーダーシップがある

有領導力

→10人の部下を率いて、社内ナンバー1の売上を達成

帶領10名部下，達成公司內銷售業績第1名

「含數字的溝通」能更快更準確地表達意思

◎「含糊」是罪

對上司感到壓力的第一大原因是指示太含糊。

我曾看過以上這樣的網路新聞。

指示太抽象、太籠統，而且沒有照對方指示完成又會被嫌棄。如果有這樣的上司，會累積壓力也是理所當然的。

因工作性質之故，最讓我感到困惑的往往是截稿日期的指示。

「麻煩您盡快完成標語的修改」

有次聽到這樣的指示，我只好拚命修改、趕著隔天送件，結果對方卻回覆我「什麼？您已經完成了嗎！」這讓我當下感到一陣疲乏。相反地，另外有次是對方說「可以慢慢來」，我就悠閒過了兩、三天，然後被回信催促「明天就要截稿了，還沒寫好嗎？」此時我的心中升起強烈的焦躁感。

相信許多人都有類似這樣的經驗吧。

以上這種欠缺具體性的指示只會讓人感到混亂。

各位自己是否也在不知不覺間，對他人送出這類含糊不清的指示呢？

「請預約稍微大一點的會議室」

如果像這樣用郵件進行通知，對方會如何看待「稍微大一點」這個形容呢？每個人的感受都不同，可能會是10個座位的會議室，也可能會是50個座位的會議室。

到了當天才發現「比想像中小，塞不下所有人！」也沒辦法責怪對方。至少要像「最少能坐20人的會議室」這樣表明數字，才能得到想要的結果。

在小說中，模稜兩可的表現有時候能營造出深度，然而在商務往來中，清晰明確比什麼都重要。我們必須排除抽象表現，用具體的內容讓請對方徹底了解才行。

至此，各位已經知道此時必要的元素是什麼了吧。

沒錯，就是數字。

我們常在不經意間使用含糊的表現。

譬如在廣告製作的會議上，「もっと若い人たちをターゲットに」（以更年輕的人為目標）、「あえてレトロみたいなイメージで」（採用類似復古的風格）或「ここは文字をもう少し大きく」（這裡的文字再稍微大一點）等等籠統的形容其實並不少見。

但是，為了讓所有人對客群形象或廣告風格產生明確的共識，就必須使用具體的數字，例如「年代は20代前半」（年齡為20到25歲族群）、「化粧品にかけるお金は月5000円」（每個月的化妝品花費為五千日圓）、「80年代の広告のイメージ」（80年代的廣告風格）或「文字の級数を2つ上げて」（字級放大二級）等等。

無論什麼工作都是相同原則。為了能互相傳達、分享清楚易懂的資訊，用「具體」表達「抽象」是最重要的技能。

只要運用數字，就可以將招致誤解的風險降到最低，簡短具體地傳達給對方。數字可說是在工作上最強也最短的共同語言。

POINT

將隨便的字眼轉換成數字

或許也有人覺得，將指示或報告講得更具體是理所當然的事。

不過令人意外地，讓人難以判斷實際意涵的馬虎文章，其實在我們身邊到處都有。各位看過以下這樣的句子嗎？

「なるべく早く送ってください」

請盡快送來

「できるだけ早く開始してください」

請盡早開始

「もっと細かく報告してください」

請報告得更詳細

這種含糊不清，可能會造成對方誤解的語詞，我個人稱之為「隨便用詞」。

譬如以下這類語詞。

> なるべく（盡量）／できるだけ（盡可能）／もう少し（再稍微）／ちょっと（一點點）／もっと（更）／かなり（相當、很）／たぶん（大概）／しばらく（暫時）／すぐに（立刻）／ときどき（有時候）／たまに（偶爾）／そこそこ（還好、大約）／まあまあ（還算、還可以）／相当（相當、頗）／非常に（非常）／ずいぶん（相當）／とても（非常）／すごく（很）／とにかく（總之）／だいたい（大約）／ざっくり（大致）

除了這邊提到的單字，也應該還有很多隨便用詞吧。

你是不是也常常不小心用了這些語詞呢。

若使用想像空間很大的隨便用詞來，下指示或寫報告，就容易讓讀者困惑，造成後續造成後續許多麻煩。

隨便用詞應該盡可能替換成數字。

這是最不容易產生誤解的方法。

如以下範例所示，我們在撰文時可以思考次數、比例、人數、金額、大小、重量、寬廣程度等，是否可以替換成具體的數字。

プロジェクトの進捗状況を、できるだけ細かく報告してください。
請盡可能頻繁地報告計畫的進展。
↓プロジェクトの進捗状況を、週2回は報告してください。
請每週兩次報告計畫的進展。

売上が落ちている〇〇を、もっと販売強化してください。
請多多加促銷銷售額下滑的〇〇。
↓売上が落ちている〇〇を、目標2倍で販売強化してください。
請以兩倍為目標，促銷銷售額下滑的〇〇。

オフィス街の店舗は、平日と比べて土日の売上がかなり落ちています。
與平日相比，商業區的店鋪在週末的銷售額下滑相當多。
↓オフィス街の店舗は、平日と比べて土日の売上が26%も落ちています。
與平日相比，商業區的店鋪在週末的銷售額下滑了26%。

資格取得者の人数を、今よりもっと増やしましょう。
多增加取得證照者的人數吧。
↓資格取得者の人数を、今より10人増やしましょう。
增加十名取得證照者的人數吧。

在傳遞訊息時，應該要像前面的「每週兩次」、「兩倍」、「26%」與「十名」，使用真實的數字來表達。

替換成數字後，對方可以了解具體的頻率、事態有多嚴重與想要達成目標的認真程度等等，並採取實際行動。

反過來說，若沒有具體數字，對方則難以做出反應。使用數字的溝通才不會產生誤解，而這也是快速、準確推動工作進展的最大力量。

課題 9

用數字將隨便用詞改成更具體的描述

請將下列的隨便用詞替換成數字，讓句子的意思更具體。

例句①

確認し、なるべく早くご連絡します。

（確認後我會盡快聯絡您）

範例答案

確認し、10 月 1 日までにご連絡します。

（確認後我會在 10月 1 日前聯絡您）

例句②

納品に、少しだけお時間をいただきます。

（請給我一些時間交貨）

範例答案

納品に、2 ～ 3 日お時間をいただきます。

（請給我 2 ～ 3 天的時間交貨）

例句③

こちらの商品、かなり売れています。

（這邊的商品賣了相當多）

範例答案

こちらの商品、1 ヵ月で 6000 本も売れています。

（這邊的商品在 1 個月內賣了 6000 支）

更淺顯易懂！三個「強調」數字的訣竅

◎數字會因「表達方式」給人不同印象

至此，我已經告訴各位使用數字的優點與活用數字的方法了。

而在最後我們要更進一步，介紹數字的「表達方式」。

數字的表達方式是有訣竅的，是否知道訣竅的影響可說相差甚遠；同樣都是數字，表現上的些微差異會給人截然不同的印象。

數字是客觀事實，因此大家難免會認為沒有主觀介入的餘地，然而事情並非如此。隨著數字表達方式的不同，對方的觀感會產生巨大的變化。若能在表達方式上多下功夫，更可以讓內容的吸引力提高三倍甚至四倍，緊緊抓住對方的注意力。

掌握重點的數字表達，是能如願傳達自己意圖的最好方法。

POINT

藉由切身的數字讓對方體會

最具代表性的數字表達方式，就是「比喻為切身的數字」。例如在日本，想要告訴別人某地有多大時，會用「〇個東京巨蛋大」這種形容。

這個手法背後有著讓對方更能體會內容意涵的效果。

請看以下的例子。

ビタミンC レモン三個分

等於三顆檸檬的維他命C

這是許多食品想表示富含維他命C時，最常見的一種形容。透過檸檬這種大家熟知的水果，可以讓對方更容易體會維他命C很豐富的這個事實。

接著來看看其他例子。

譬如在新聞中，我們可能會看到以下這樣的句子。

アマゾンのジェフ・ベゾスの資産は20兆円超です。

亞馬遜公司的傑夫・貝佐斯資產超過了20兆日圓。

這個金額非常驚人，但正因為太過遠離現實，很難理解這個數字到底有什麼含意。那麼若改成以下這樣的描述呢？

アマゾンのジェフ・ベゾスの資産は20兆円です。これを稼ぐには、年収400万円だと500万年かかります。

亞馬遜公司的傑夫・貝佐斯資產超過了20兆日圓。想賺這麼多錢，就算年收四百萬日圓也要賺五百萬年。

這樣是不是更能感受到這個數字有多麼驚人了呢？

「稻葉倉庫」長年不變的廣告標語，就是活用數字比喻最佳的典範。

やっぱりイナバ　100人乗っても大丈夫！

果然是稻葉　一百人坐上去也沒問題！

若以一般成年男性的體重來換算，也就是一人60kg×一百人，那麼用「可以承重六公噸」來當作標語會如何呢？

聽起來似乎是很堅固，但六公噸到底有多重，各位應該不太容易體會才是。

不過比喻為「一百人坐上去也沒問題」後，立刻就能體會到堅固的程度。

這個「比喻」的效果也能用在工作上。譬如，想在宣傳資料或企劃書中運用數字說服對方時，比喻就能發揮強大的力量。

請看以下例句。

【例1】販售系統軟體的宣傳資料

このシステムを採用すると、年間で500万円も経費削減できます。

如果採用這套系統，每年可省下五百萬日圓的經費。

↓このシステムを採用すると、年間で中堅社員1人分の人件費を削減できます。

如果採用這套系統，每年可省下一名資深員工的人事費用。

【例2】產品內容更新的企劃書（公司內部使用）

今回のリニューアルでは、制作コストを20％削減。利益率の大幅な向上が見込まれます。

這次的更新可減少20％的製作成本，預計能大幅提升淨利率。

↓今回のリニューアルでは、制作コストを20％削減。これは商品1つあたりの配送費に相当します。利益率の大幅な向上が見込まれます。

這次的更新可減少20％的製作成本，相當於每1件產品的運輸費用，預計能大幅提升淨利率。

想用數字做比喻時，最重要的就是選擇對對方而言再熟悉不過，能引起對方共鳴的事例。

在【例1】中，隨職業類別不同，選用「店面租金」或「交通費用」來比喻可能更有效果。

還請各位深思文章的目標對象有什麼特質，選擇最恰當的比喻。

課題 10

用切身的數字來比喻吧

請將下列例句的底線部分改用大家熟悉的數字來比喻。

例句①

予測変換を使うと、1 日 30 分の時間が短縮できます。

（使用文字預測功能，每天可以縮短 30 分鐘的時間。）

範例答案

予測変換を使うと、1 日にメールの返信 20 通分もの時間が短縮できます。

（使用文字預測功能，每天可以縮短回覆 20 封郵件的時間。）

例句②

この健康器具を 1 日 10 分使うと、1 週間で 2100 キロカロリーを消費できます。

（每天使用這個運動器材 10 分鐘，1 個星期就能消耗 2100 大卡的熱量。）

範例答案

この健康器具を 1 日 10 分使うと、1 週間でフルマラソン 1 回分のカロリーを消費できます。

（每天使用這個運動器材 10 分鐘，1 個星期就能消耗跑 1 次全程馬拉松的熱量。）

POINT

用數字＋「一個字」順利表達意思

無論數字的來源是多麼精確的數據、推導過程多麼客觀，人都是會依照自己的想像解釋數字的動物。同樣都是數字，不同的讀者會產生不同的觀感。

請看以下的例句。

新しいサービスに興味を持った人は30％です。

有30％的人對新服務有興趣。

各位看到這句話有什麼感想呢？

有人可能會覺得「只有少少的30％」，但可能也有人覺得「其實還挺多的」。

只有30％這個數字，難以把握究竟是多還是少，每個讀者都會有自己的解釋。精確的數字，不一定會產生精確的結果。

我們可以用＋「一個字」的方法闡明自己的意圖，讓對方了解你真正想表達的事情。
譬如，如果我們想表達的是「少」，那在數字前加上「たった」（只有）就好。

新しいサービスに興味を持った人は、たった30％です。
對新服務有興趣的人只有30％。

如果想表達的是「多」，那麼在數字後面加上「にも」（竟也……）就可以了。

新しいサービスに興味を持った人は、30％にもなりました。
對新服務有興趣的人竟也有30％。

另外，也可以像以下這樣改變語序，在數字後面接「もの」（也還……）來表示。

新しいサービスに、30％もの人が興味を持ちました。
對新服務有興趣的人也還有30％。

像這樣只要加上簡單一個字，就能讓同一個數字產生完全相反的意思。到底是多還是少，只要有一個字不同就立場就顛倒了。

此外，以下的語詞詞語也能使數字的意涵變得更明確。請各位選擇適當的詞語語詞，善用＋「一個字」的方法清楚表達自己真正的意思。

【若想表達數字不如預期】

わずか～（僅有～）／ほんの～（僅有～）／たった～（只有～）／残念ながら～（遺憾的是～）／がっかりの～（令人失望的～）／～しか（只有～）／～だけ（只有～）

【若想表達數字符合甚至超過預期】

～にも（竟也～）／～もの（也還～）／なんと～（竟然～）／想定を超えた～（～超出預期）／うれしいことに～（令人開心的是～）／～にのぼり（成長為～）／～に到達（到達～）／これ以上ない～（沒有比這～）／驚きの～（令人驚訝的～）

POINT

改變數字的切入角度與單位

如何切入、放大數字的意涵非常重要。

要讓數字看起來負面還是正面，光是改變視角就能徹底改變數字的觀感。

請比較以下例句。

Ⓐ 失敗する確率50%（失敗機率50%）

Ⓑ 成功する確率50%（成功機率50%）

Ⓐ 売上ダウンしたお客様は10%だけ（銷售業績下滑的客戶只有10%）

Ⓑ 90%のお客様が売上アップ（90%客戶的銷售業績都提升了）

Ⓐ與Ⓑ說的根本都是同一件事，只是切入的角度不一樣。

然而，各位是不是覺得用A的說法來提案會讓人想要拒絕，而採用B的說法則會產生一種想挑戰看看的心情？

以下例句想表達的內容其實完全相同，只有表現方式不同。

Ⓐ 90%が満足と答えました（90%的人回答滿意）

Ⓑ 1万人中9000人が満足と答えました（一萬人中有九千人回答滿意）

相較之下，Ⓐ的說法應該能更快理解吧。

另一方面，Ⓑ則令人驚訝於「竟然對一萬人做問卷調查」與「竟有九千人感到滿意」這兩個數字。

Ⓐ與Ⓑ都讓人感到震撼，不過若單純就新聞價值來說，在這個例子中或許Ⓑ看起來更吸睛。

另外，改變數字的單位也是一種切換視角的技巧。

只要改變單位，數字給人的印象便截然不同。請比較以下例句。

Ⓐ 1時間半で検査結果がわかります（等一個小時半就能知道檢查結果）

Ⓑ 90分で検査結果がわかります（等九十分鐘就能知道檢查結果）

雖然數值完全相同，但❸看起來是不是感覺比較快？單位若使用「分」，給人的印象會比較輕快。

也請比較以下的例句。

❹ 1日200円お得（每天便宜兩百圓）

❸ 1か月6000円お得（每個月便宜六千圓）

雖然金額完全相同，不過我想大多數人會覺得金額較多的B比較吸引人。

大正製藥的力保美達，宣傳詞寫的是「一瓶含牛磺酸 1000mg」；如果改成「一瓶含牛磺酸 1g」呢？明明量一模一樣，卻覺得一口氣少了好多。其實這正代表著，千萬不可小看單位的力量。只要改變看待數字的視角，就會產生完全不同的觀感。究竟哪一種說法更有魅力呢？請各位從各種方向思考，摸索最適當的表達方式。

人會憑直覺判斷事物。為了使自己的意圖能更準確、更強烈地傳達給對方，請找出數字最佳的切入角度吧。

嘗試改變數字的印象

請試著改變下列數字的單位或切入角度，讓數字產生不同的印象。

例句①

1年間、ずっとサポート
（1年間，持續支持你）

範例答案

365日、ずっとサポート
（365天，持續支持你）

例句②

日本人の約50%が使用
（約50%日本人使用）

範例答案

日本人約6000万人が使用
（約6000萬日本人使用）

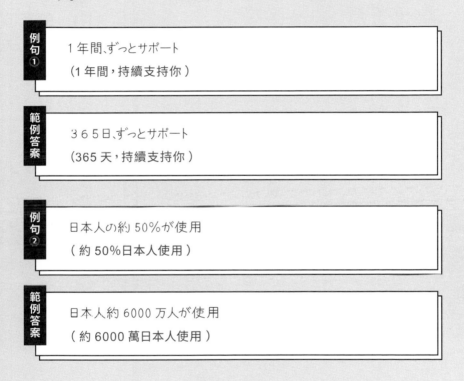

COLUMN

從名家的文章技巧學習②

三島由紀夫老師《文章讀本》

三島老師的文章讀本，態度有一點點自以為是。

書中「第一章　此文章讀本之目的」，寫著以下這段話。

然而近年來《文章讀本》的目的，不過想逢迎素人文學之興盛，於是陷入任何人皆能撰寫文章讀本之窘境，我對此扭曲的傾向頗感厭惡。

老師從一開始便宣示，這不是一本可以輕鬆閱讀的文章讀本。

而在這本書的最後，有包含題目問答的單元。

例如詢問「什麼文章能讓人陶醉」或「能允許多少程度的情色描寫」等等，而三島老師透過回答問題來闡述自己的文學觀，可說是饒富趣味的章節。

此處出現了「關於小說主角所征服的女人數量」這個問題，而三島老師在此回答了他對數字與小說關聯性的想法。

> 由於小說家會從事實中雕刻出一個故事，因此本該站在與數字領域相互敵對的立場上，然而小說家為了加強自己小說中事件與人物的真實性，時常會引用數字。織田作之助之所以建議於小說中，無論是錢財金額、女人數量、建築物高度、購物價格，皆使用具現實感的數字，正因為這是小說家追求寫實主義的表現。
>
> 〈中公文庫版〉

這段內容的意旨為，即使是看起來與數字不太有緣的小說，有時候也得益於數字的真實性，從而產生獨特的效果。

這裡就舉織田作之助的代表作《夫婦善哉》為例，從中引用可以了解數字效果的一個段落吧。這部小說寫於一九四〇年，描述大阪曾根崎新地的年輕藝妓蝶子，與有家室的豪商繼承人柳吉相約私奔的故事。

> 從許久之前，蝶子便用傳單裝訂成家計簿，寫入每日的開銷，如菠菜三錢、澡堂三錢、衛生紙四錢等，節省家庭必要支出，（中略）經過三年，總算存得了二百圓。（中略）

某日，其中的五十圓在眨眼間，就消散於飛田的煙花柳巷內。

〈新潮文庫版〉

越是往下閱讀，二戰前的大阪生活越是鮮明、歷歷在目，令我們徹底投入到故事裡。

我不清楚有多少小說用細微的數字，如物品價格或儲蓄金額等等，來傳達故事人物的生活樣貌。大多數的寫作者應該都會用其他語詞來描述吧。

但我認為蝶子俏皮可愛、惹人憐憫的模樣，沒有數字是無法表現出來的。三島老師是不是也有相同的感受呢？

第 3 章

有力

靠「字面」加強句子的正面印象

句子的印象由「字面」決定

◎句子的「外表」很重要

我們在第一章講述了徹底縮短句子的方法，然後在第二章說明該如何使用數字讓文章看起來更好懂、更具說服力。

冗長難懂的文章，應該能靠這兩個方法改頭換面才是。

而接下來在第三章，我將傳授各位加強句子正面印象的技巧。

雖然簡短的句子很好讀，但若沒有引人注目的要素，讀過去就忘掉了。

另外，如果文章中連續充滿都是簡短、口氣強硬的句子，可能會給對方冷淡又嚴厲的印象。

縱使寫了淺顯易懂的文章，若不能留在對方心中，反而還給人負面印象，肯定也無法帶來好結果。

加強句子正面印象，讓句子深植人心的技能，與縮短句子的技能同等重要。

◎影響句子印象的「字面」是什麼？

我年輕時任職於廣告製作公司，身邊圍繞著一群優秀的設計師與文案寫手。雖然總是被「提點」，但也因為有當時同事、前輩們的建言，才有現在的我。

其中最讓我難忘的，是設計師曾經對我說過要意識到「字面」這件事。

字面顧名思義，就是「字句的表面」。因為設計師會將文字視作設計的一部份，所以對「字面」有嚴格要求。

尤其廣告正文簡直就像一大塊的文字，因此更會受到嚴厲的檢視。

廣告正文是用來詳細說明產品或服務的文章。大致上來說，設計師會指定字數必須在30字乘以五行以內。

如果設計師不滿意，有時就會說「漢字太多，看起來黑黑的，把字拆開一點」。這裡的「拆開」指的是將漢字轉換為平假名的意思。有些人甚至會一行一行做出詳細指示，譬如「這行漢字太多，這行平假名太多」等等。

當時的我很不耐煩，心中總認為「為了設計而修改標語有夠奇怪！」

然而現在回想起來，這種想法真是錯得離譜。在寫手這份工作堅持做了數十年後，我現在強烈感受到，「字面」確實是會大幅影響句子印象的關鍵。

請看以下文章，這是我為「nepia」的尿布所撰寫的一部份廣告文宣。許多平時會寫成漢字的語詞，在這裡我都刻意改成平假名。

あなたとの暮らしがはじまる。
開始與你一起生活。
おむつを替えて、ミルクをあげて、だっこする。
幫你換尿布、餵牛奶、抱抱你。
見たことがないような小さな小さな爪を切る。
幫你剪去彷彿從未見過的小小指甲。
おそるおそるお風呂に入れる。
戰戰兢兢地幫你洗澡。
たくさんのはじめての出来事が
好多第一次的經驗
あたり前のことになって、
都變成理所當然的事，

あなたは、かけがえのない家族になる。

你是我最寶貝的家人。

我想在這個廣告文宣中，表現家庭第一次迎接小寶寶時的困惑、發現與喜悅。為了呈現與幼小的孩子一起生活的感覺，我使用較多的平假名，讓整篇文章字面上看起來比較溫暖、柔軟。

那麼，若將寫成平假名的語詞重新換回漢字呢？

あなたとの暮らしが始まる。
おむつを替えて、ミルクをあげて、抱っこする。
見た事が無いような小さな小さな爪を切る。
恐る恐るお風呂に入れる。
たくさんの初めての出来事が
当たり前の事になって、
あなたは、かけがえの無い家族になる。

這與一開始的版本有著截然不同的感覺。

平假名較多的文宣，是不是讓你覺得看起來比較親密、更富有情感呢？

依據目的選用平假名與漢字。光是這麼做，就能徹底改變文章給讀者的印象。

◎「閱讀」即是「觀看」

不是只有廣告文宣或標題才重視句子的外表。

無論在任何文章中，「字面」都很重要。

太過理所當然而往往讓大家忘記的是，句子是用眼睛閱讀的。

各位平時也會說「你看了我寄過去的信了嗎？」之類的吧？

所謂「閱讀」，其實就是「看」。

除了廣告標語、新聞標題等短句外，其實郵件或長篇文章也會因為字面的差異，給人完全不一樣的印象。

特別是日語有著漢字、平假名、片假名等多樣的表記方式，更需要重視文章的「外表」。只要將漢字改為平假名、將平假名改為片假名，讀者就會從句子中得到迥然不同的感受。

譬如，「綺麗な人」（漂亮的人）這個表現，還可以改成其他的表達方式。

漂亮：「綺麗」「きれい」「キレイ」

人：「人」「ひと」「ヒト」

乍看之下，每個單字給人的觀感都不一樣。

將這些組合起來後，還能得到3×3等於9種不同的語感。

「綺麗なひと」、「きれいなヒト」、「キレイな人」等等，一眼就能看出其中明顯的差異。

若能了解漢字、平假名、片假名各自的特徵，妥善運用在不同場合，甚至能夠隨心所欲操控文章的印象。以下我將詳細解說具體的用法。

POINT

利用漢字突顯「厚重感」

每一個漢字都有意義；如果寫成「極めた」（達到頂點、查明），透過「極」一個字就能在一瞬間傳達這個字的意思。

然而若寫成「きわめた」，理解的速度應該會慢許多。這種速度感，是平假名或片假名沒有的。

除此之外，**使用漢字還可以讓文章看起來更具知性與品味**。

各位可以比較以下幾個例子。

Ⓐ ダイヤモンドのきらめき

Ⓑ ダイヤモンドの煌めき

鑽石的光輝

A ぜいたくな味わい

B 贅沢な味わい

奢侈的滋味

哪一邊感覺更高級可說是一目瞭然；有了漢字的「贅」、「煌」，一眼就能看出豪華感。

我為昂貴名牌產品撰寫的廣告標語，也刻意使用許多漢字，讓句子看起來較為正式、沉穩，與一般的產品做出區別。為了醞釀顧客嚮往的情緒，我試著讓文句帶有一種高貴且堅定的印象。我總是會選擇「秀逸」（優秀）、「優雅」、「卓越」、「羨望」（羨慕）等，這類平常幾乎不會說出口的用字。

實際上，許多高級名牌的廣告標語，也都會利用漢字的力量來展現高級感。

「より鋭く、より優雅に」（**TOYOTA LEXUS**）

更靈活、更優雅

「Cを極めたC」（**Mercedes-Benz**）

窮究C的C

「歴史をも凌駕する新世代ムーブメント」（**Grand Seiko**）

凌駕歷史的新世代機芯

另外，漢字也能創造**「厚重感」**。

介紹歷史悠久的品牌，或老字號產品及服務時，我會將「おいしい」寫成「美味しい」（好吃），「ていねい」寫成「丁寧」（細心），光是這麼做就能塑造穩重、古典的形象。

A ていねいなもてなしが心を癒す

B 丁寧なもてなしが心を癒す

以細心的招待療癒您的心

電子郵件或社群訊息也能善用漢字。使用漢字或慣用語，能使文章看起來冷靜而堅定。近幾年連郵件的往來也變得隨意了，正因如此面對重要的客戶與上司，有必要配合對方改變郵件中用字遣詞的印象。

一個可在郵件中實踐的簡單方法是，替換最後一定會出現的「結尾語」。

A よろしくお願いいたします
B 宜しくお願いいたします
再麻煩您了

如果不想要讓郵件看起來太拘謹就用「よろしく」，而如果要營造正式、嚴肅的氣氛就用「宜しく」。只要這麼做，整封郵件的印象就會截然不同。

譬如開頭的收件人姓名要用「○○様」（○○先生／小姐）還是「○○さま」、慰勞對方時要用「お疲れ様です」（辛苦了）還是「お疲れさまです」等等，像這些平常畢竟會用到的語句只要稍做修改，給人的觀感便大不同，還請各位細心琢磨。

當然，再怎麼正式的文章，使用太多漢字也不好。這麼做會讓整篇文章看起來黑壓壓的，帶給讀者「艱澀」或「難讀懂」的感覺。請在不失易讀性的程度下，有效地活用漢字吧。

【漢字的外觀印象】
正面：高級感、高貴、厚重感、認真嚴肅
負面：拘謹、冷淡

POINT

「形容詞」寫成平假名

有許多企業標語，都透過平假名令人留下深刻印象。

「やがて、いのちに変わるもの」**（味滋康）**
最後都將轉化為生命

「あしたのもと」**（味之素）**
明天的根本

「おもしろくて、ためになる」**（講談社）**
有趣又受益良多

「あしたを、ちがう『まいにち』に」**（TOTO）**
明天將成為不同的「每天」

「わたしらしくをあたらしく」**（LUMINE）**
更新特別的我

不只是親切、溫和、容易引起共鳴，讀者還能從中解讀出多層意思，因此這些企業才會刻意使用平假名吧。

當然，平時工作上不可能看到全篇平假名的文章，但若在關鍵處善用平假名，文章就會產生新奇感。

太多的漢字與慣用語，會帶給人如同正式文件或說明書般死板、拘謹的印象，讀起來很累人。相反地，適當地使用平假名的文章，讀起來就相當舒服。

用平假名書寫的語詞，則讓人感覺溫和、容易親近，提高了讀者對語詞的認同。

若能活用這點，平假名將成為強力的武器。

那麼，該把什麼地方換成平假名呢？

任誰都能做到的，就是**「將形容詞寫成平假名」**。

只要將形容詞寫成平假名，整篇文章的印象就會變得柔和舒服。

若用字典查詢形容詞，可以看到以下說明。

品詞之一，表示事物性質、狀態、心情等的詞。具有修飾名詞的功能（限定用法）與成為述語核心的功能（敘述用法）。《廣辭苑》

日語形容詞最大的特色是有許多如面白い（有趣的）、美しい（美麗的）、可愛い（可愛的）、優しい（溫柔的）、新しい（新的）、古い（舊的）、長い（長的）、短い（短的）、大きい（大的）、小さい（小的）等等以「～い」結尾的單字。

將這些形容詞改寫成平假名，就能在一瞬間改變文章的觀感。

請比較下列句子。

Ⓐ 新しい化粧水は、肌を優しい潤いで満たします。

Ⓑ あたらしい化粧水は、肌をやさしい潤いで満たします。

全新的化妝水可以溫和滋潤肌膚

Ⓐ的漢字較多，句子看起來比較拘謹，也感覺黑黑的。而只要像Ⓑ這樣將「新しい」與「優しい」改成平假名，不僅變得好讀一些，看起來也柔和許多。

如果覺得文章似乎給人太過死板、沉重的印象，不妨試著將形容詞改為平假名。光是這麼做，文章就能給人耳目一新的感覺。

當然，不需要將所有形容詞都改為平假名，畢竟若平假名太多會增加字數，看起來也很像幼兒的作文。關鍵在於看清文章給人的印象，適當調整比例。

【平假名的外觀印象】

正面：溫和、親切感、簡單、輕巧、共鳴性

負面：幼稚

POINT

透過「片假名轉換清單」呈現文章的輕快感

片假名乍看之下沒什麼發揮的餘地，但其實如果用得好，可以讓文章帶有輕快與明亮感。

「カラダにピース」（可爾必思）

給身體 Peace

「ゴキゲン♪ワーゲン」（福斯汽車）

福斯給你好心情

這些廣告標語都用上了片假名輕快的字面效果。除此之外，許多目標族群為年輕人的雜誌與商品標語，也都有效地運用了片假名。

這種片假名的輕快感，當然也可以用在工作文書上。

最簡單的方法，就是**將日語替換成外來語**。

請看以下範例。

場面に応じたデータ活用で、レスポンスが上がります。
↓シーンに応じたデータ活用で、レスポンスがアップします。
若活用能應對各種場合的資料，就能提升回饋。

新たな解決策をご提案します。
↓新たなソリューションをご提案します。
我想提出新的解決方案。

各位覺得如何呢?**只要將日語換成外來語，文章就會產生年輕與潮流感**。有時候視提案對象、目標客群或商品類型，適當加入這類修飾也不失為一個好方法。

不過若使用太多外來語，說不定會給人輕浮的印象。有些片假名單字即使在自己的業界是常用字彙，但在其他業界卻不見得如此，因此請各位注意別用過頭了。

除了外來語之外，下面列表中的漢字、平假名若能替換成片假名，整篇文章也能呈現輕盈、新奇的感覺。

【能產生輕快感的片假名轉換清單】

簡単↓カンタン（簡單）／これ↓コレ（這個）／楽↓ラク（輕鬆）／おすすめ↓オススメ（推薦）／基本↓キホン（基礎）／誰でも↓ダレでも（任何人）／物↓モノ（事物）／すき間時間↓スキマ時間（瑣碎時間）／すっきり↓スッキリ（暢快）／きちんと↓キチンと（確實地）／しっかり↓シッカリ（確實地）／ばっちり↓バッチリ（完美地）／疑問↓ギモン（疑問）／新↓シン（新的）／無駄↓ムダ（無用）／駄目↓ダメ（不行）／おしゃれ↓オシャレ（時髦）／可愛い↓カワイイ（可愛）／大人↓オトナ（大人）／はまる↓ハマる（沉迷）／体↓カラダ（身體）／日本↓ニッポン（日本）／綺麗↓キレイ（漂亮）

實際使用可以像下面例句般產生不同的印象。

誰でもできる、簡単操作。
↓誰でもできる、カンタン操作。
任何人都能簡單操作

すっきり解決します。
↓スッキリ解決します。
完全解決

我想各位都能看出句子變得更輕快、更有趣了。

另外，如キラキラ（閃亮亮）、フワフワ（輕飄飄）、アツアツ（熱騰騰）等所有的擬聲擬態語，改成片假名也能得到同樣的效果。

不過當然地，太多片假名會變得很難讀，可能還會給人心浮氣躁的負面印象，因此請不要使用過度。

適當地使用片假名，才可以為文章加入「輕快感」。

【片假名的外觀印象】

正面：輕快感、划算感、簡便、年輕、新穎、潮流感、吸睛

負面：太過輕浮

課題 12

試著將句子按訊息細分吧

請自由替換下面文章的語詞，嘗試塑造出「柔和」與「輕快」2 種不同的印象。

例句

価格だけで選ばず、少しでも環境負荷の軽い商品を好む。そんな「緑の消費者」が生む新市場が企業の商品・マーケティング戦略に変化をもたらしている。

《日本經濟新聞》2021 年 7 月 22 日

不只考量價格，還喜歡選購對環境負擔更小的產品。這群「綠色消費者」所催生的新市場，正為企業的產品與行銷策略帶來變化。

範例答案

【柔和】

価格だけで選ばず、少しでも環境にやさしい商品を好む。そんな「緑の消費者」が生むあたらしい市場が、企業の商品・マーケティング戦略を変えている。

【輕快】

コストだけで決めず、サステナブルな商品を選ぶ。そんな「緑の消費者」が生む新市場が、企業の商品やマーケティングストラテジーに変化をもたらしている。

POINT

讓文章更好讀的「平假名常用字彙」清單

漢字、平假名、片假名會強烈影響文章的「好讀程度」。

雖說只是一個大概的判斷基準，但據說如果整篇文章的七到八成都用平假名書寫會比較好讀。

在這點上，由於商務文章往往會用到較多的漢字，因此若適度將漢字轉為平假名，文章閱讀起來應該也比較舒服。

這時候最好的參考書，就是寫給大眾的商管或勵志書籍。這類書籍必須在保持知性的同時，將文章編排得適合大眾閱讀，因此書中「平假名」與「漢字」的比例會經過妥善調整。書籍編輯會審慎思考哪些字彙該寫成平假名、哪些該寫成漢字，據說甚至會製作一張「統一清單」。

在參考多本商管書籍後，我在這邊列出一張**改成「平假名」會比較好讀的字彙清單**，還請各位多加參考。

た

沢山（許多）	たくさん
達（～們）	たち
例えば（例如）	たとえば
作る（製作）	つくる
出来る（做得到）	できる
～の通り（正如～）	～のとおり
～の時（～的時候）	～のとき
特に（特別、尤其）	とくに
～の所（在～時候、在～地方）	～のところ

な

～する中（做～之時）	～するなか
等（～等等）	など

は

～の方（～這邊）	～のほう
他（其他）	ほか
程（～的程度）	ほど

ま

故に（因此）	ゆえに

や

分かる（知道）	わかる

讓文章更好讀的「平假名常用字彙」清單

あ

余り（太、過度）	あまり
頂き（得到）	いただき
一体（究竟）	いったい
色々（各種）	いろいろ
～する上で（在～上需要）	～するうえで
上手く（好、順利）	うまく
及び（以及）	および

か

関わる（與～有關）	かかわる
下さい（請～）	ください
事（事情）	こと

さ

様々（各式各樣）	さまざま
更に（而且、更加）	さらに
従って（因此）	したがって
～し過ぎ（～做得過度）	～しすぎ
既に（已經）	すでに
全て（全部）	すべて
是非（務必）	ぜひ

活用簡單技巧，讓印象更好

◎文章的印象，就等於你的個人印象

外在、聲音、說話方式、行為舉止等各式各樣的表現，都會深刻影響一個人給其他人的印象。文章同樣也是決定你個人印象的重要元素。

我想各位應該都有類似的經驗，在信件往來時原以為一本正經的人，實際見面才驚訝地發現其實是個爽朗的人。

或許在工作上，給人有些認真嚴肅的感覺比較好，然而我們也必須極力避免給人粗野、冷漠、自以為是等負面印象。

如前面章節所述，句子寫得簡短精巧有非常多優點，但仍然需要顧慮一件事：省去太多話語，會給人冷漠的印象。

若只是機械性地傳達自己的意圖，工作往往難以順利進行。我們寫文章的目標不僅僅是簡短、便於閱讀，還要給人留下好印象。

為此，我在這邊將介紹**不僅可以立即運用，還能用於多種場合的小技巧，提高你的正面印象**。請各位善加運用這些簡單的小技巧，讓你的文章看起來更討人喜愛。

POINT

藉由句首的「あ、い、う、え、お」傳達心情

應該每個人都聽過「あ、小林製薬」（啊，小林製藥）這句廣告標語吧。

雖然深植人心的廣告標語多不勝數，但我想「あ、小林製薬」應該是其中數一數二有名的。因為「小林製藥」是公司名稱，所以標語實際上的內容只有「あ、」而已。大概世界上沒有比這更簡短，但又如此印象深刻的廣告標語吧。短到這程度，不只吸引目光，也令人感到相當親近。

個「あ、」，在平時的溝通中也能發揮很強的效果。

最近如 Slack 這類通訊軟體已經頻繁用在工作上，我想應該也有許多人都用 LINE 來聯繫公事。

我在使用這些通訊軟體時總覺得，「語句太短真的很難寫出印象良好的句子」。

如果只有「はい」（好）、「わかりました」（我知道了）、「了解です」（了解）等等相當簡短的回應，無論如何都帶有冷淡的印象。即使自己沒有這個意思，在別人耳中聽來有時也頗為刺耳、不舒服。

這時候最方便的，就是表情符號或貼圖，但是否能在工作場合使用，至今仍有爭議，若是關係親近的同事也就罷了，面對客戶或上司，實在難以運用這些小工具。

而這就是**「あ、」**派上用場的時候。

直接送出回應，說不定會給人粗魯、感覺心情不好的印象。

那麼不妨在句首加上**「あ、い、う、え、お」**，為語句灌入自己的情緒。

譬如可以像下面例句般使用「あ、」。

いいですね（很好呢）

↓あ、いいですね（啊，很好呢）

有沒有這個「あ、」簡直天差地別。在看到句子的瞬間，B比起A感覺更像帶著贊同的情緒說「很好呢」。「あ、」剛好向對方答了腔，產生類似表情符號那樣可以立刻表達心情的效果。

實際上あ行的字全都有類似的表情符號效果。

そうなのですね（是這樣啊）

↓えっ、そうなのですね（咦，是這樣啊）

有了「えっ、」便間接告訴對方，自己對你的話題有興趣，進而提高對方對你的認同。若設想的是社群軟體上的交流，更能看出「あ、い、う、え、お」的表情符號效果。

「来週中に予算案を出してもらえますか？」

下禮拜能提出預算案嗎？

「来週中は難しいです」

下禮拜很困難。

↓「来週中に予算案を出してもらえますか？」

下禮拜能提出預算案嗎？

「うーん、来週中は難しいです」

嗯……下禮拜很困難。

只有「難しいです」聽起來很不客氣，還帶著一點驕傲自大的感覺。如果這時是跟關係好的人交談，一定會在最後加上一個表示困惑的表情符號吧。透過在前面加入「うーん」，便產生與這個表情符號相同的效果。這樣能告訴對方自己正在思考與煩惱，不會給對方造成負面印象。

情緒反應也相同，只要加上「ええ！」（咦！）或「おお！」（哇！）等等感嘆詞，話語聽起來就有溫度。在下面例句中，哪一邊聽起來更有傳達出成功的喜悅呢？

「企画が無事採用されました！」
企劃順利受到採用了！
「よかったです」
太好了。
↓「企画が無事採用されました！」
企劃順利受到採用了！
「おお！よかったです」
哇！太好了。

如例句般加上「あ、い、う、え、お」，就能加強語句的情緒。這麼一來，即使不倚賴表情符號，也能抹去短句那種冷淡與漠不關心的感覺。

順帶一提，在一般對話裡這也很有幫助。

「おお、それはすごいですね」

哇，那真是厲害呀

「あっ、なるほど。よくわかりました」

啊，原來如此。我完全了解了

對話中同樣可以加入「あ、い、う、え、お」進一步表示自己的情緒，對方一定也能愉快地將話題持續下去吧。

え	え え！ ええ！ えっと	え、そうなのですか。 咦，是那樣嗎。 え！　本当ですか！ 咦！真的嗎！ ええ！　知りませんでした。 咦！我都不知道。 えっと、こういうことですか？ 呃，是這個意思嗎？
お	お おお！	お、すごいですね。 哇，真厲害。 おお！ありがとうございます！ 哇！謝謝你！

能表達情緒的「句首あ、い、う、え、お」

あ	あ ああ ああ！ あれ	あ、いいですね。 啊，很好呢。 ああ、なるほど。 啊，原來如此。 ああ！　理解できました。 啊！我懂了。 あれ…そうだったのですね。 咦……原來是這樣。
い	いいですね いえいえ	いいですね、了解です。 很好呢，我了解了。 いえいえ、とんでもございません。 不不，您過獎了。
う	うーん うんうん	うーん、難しいです。 嗯……很困難呢。 うんうん、わかります。 嗯嗯，我知道。

POINT

最後用積極正面的說法結尾

句尾往往是最能留下記憶的部分。**將最想強調的內容放在句子後方**是一個很有效的寫作技巧。我在撰寫產品說明文時也會刻意這麼做。

雖然這是我在長年的文案寫手經歷中自然學會的技術，不過幾年前我才透過行為經濟學的書，了解到這是名為「時近效應（recency effect）」的心理現象。

這種現象說明，當人面對多項依序提出的資訊時，**會對越後面提出的資訊留下越深的印象**。

請各位比較以下兩個例句。

Ⓐ この洗剤は除菌もできますが、消臭もできます。（這個洗衣精不僅能除菌，還能消臭。）

Ⓑ この洗剤は消臭もできますが、除菌もできます。（這個洗衣精不僅能消臭，還能除菌。）

Ⓐ在「消臭」，Ⓑ在「除菌」的功能上會留下更深的印象。正因如此，在產品說明或自我推薦時，將**最想介紹給對方的賣點放到最後是非常重要的技巧**。

另外，如果分別有負面與正面的差異，**那麼一定要將正面的事物放在後面**。

Ⓐ 検討中の製品は、高機能ですが高額です。
目前在討論中的產品，雖然功能很強，但價格很貴。

Ⓑ 検討中の製品は、高額ですが高機能です。
目前在討論中的產品，雖然價格很貴，但功能很強。

讀過這兩句的人，大概都會對Ⓐ產生「原來很貴啊」的負面感想，而對Ⓑ產生「原來如此，雖然很貴但功能很好」的正面感想。如果想要推薦這項產品，就必須毫不猶豫地寫出Ⓑ這般的句子。

這個「時近效應」，也能應用在提升信件中的印象。將負面與正面哪一種內容放在最後告訴對方，會強烈影響你給人的印象。

Ⓐ ご提案いただいた企画ですが、不採用となりました。とても興味深い内容でしたが、弊社のイメージとズレがあったように感じました。
我們決定不採用您所提案的企劃。雖然內容相當吸引人，不過與敝公司的形象有所出入。

B ご提案いただいた企画ですが、不採用となりました。弊社のイメージとはズレがあったものの、とても興味深い内容でした。

我們決定不採用您所提案的企劃。雖然與敝公司的形象有所出入，不過內容相當吸引人。

A與**B**是內容相同的婉拒，但是對方應該會對**B**較有好感才是。如果接下來仍想與這名客戶有良好的交流，那就應該將正面的內容放到最後才可以。即便是與親近的人聊天，用正面的話題結尾，也能構築更良好的人際關係。

A 昨日の飲み会は、先輩の話を聞けて有意義でした！それにしても会費が高かったですね。

昨天的酒會能聽到前輩說的話，真的感到很充實！不過話說回來會費挺高的呢。

B 昨日の飲み会は、会費は高かったですが、先輩の話を聞けて有意義でした！

雖然昨天的酒會會費很高，但能聽到前輩說的話，真的感到很充實！

不管怎麼想，**B**都比**A**聽起來更討喜。如果從平時就**養成用正面內容為文章做結的習慣，便可以大幅提升你的形象**。

「時近效應」會影響句子的觀感，以及你帶給他人的印象，還請各位學會這個小技巧吧。

課題 13

替換成給人良好印象的句子

請重新修改下列句子，讓句子給人更好的印象。

例句①

おめでとうございます。
（恭喜你了。）

範例答案

おお!おめでとうございます。
（哇！恭喜你了。）

例句②

お誘いいただきとても嬉しいのですが、予定があるため今回は不参加とさせてください。
（對您的邀請我感到非常開心，不過我還有其他安排，請容我這次不參加。）

範例答案

今回は予定があって不参加となりますが、お誘いいただきとても嬉しいです。
（雖然這次我有其他安排，不克參加，不過對您的邀請我感到非常開心。）

加強標題的十個技巧

◎打磨短句，讓短句更巧妙的小魔法

我們在第一章已經介紹了精選訊息，寫出好標題的三個步驟：「開展」、「選擇」、「打磨」。

而在這裡，我將繼續介紹**可以「打磨」標題的各種技巧**。藉由這些技巧，可以進一步強化訊息，為印象加分，令老套、容易被忽略的標題，轉變為「簡報中最精彩的一句話」或「讓人在意得不得了的標題」。

雖然說是「打磨」，但也無須想得太複雜；只要一點小魔法，標題就會給人耳目一新的感覺。是否知曉這「小魔法」，就是關鍵分水嶺。

那麼接下來我就講授這**十個簡單無比的「小魔法」**。

「這麼做就好了?」

或許您會這麼想。

別害怕，請帶著自信選擇適合自己的技巧即可。這些都是廣告文案寫手常用，任何人都能模仿的簡單技巧。你所寫下的訊息，一定可透過這些技巧改變！除了解說之外，每個技巧還同時附上十個例句，請各位參考。

此外，如同第一章所述，標題以20字內為目標。

但就算有點超出字數也不要太在意，最重要的還是嘗試寫下心中想到的標題（不過基本上還是短一點更好）。另外即使是前面所提到盡量不要用的「隨便用詞」，只要能加強印象，那麼用也無妨。

就算是商務用的文章，標題或概要也可以自由地選用詞語，因此還請各位全力發揮，寫下最吸睛的文字。

1 替換句子的次序

改變平時未曾留意過的句子「語順」。光是這麼做，就能創造出戲劇化的一句標語。譬如，就上面這句「創造出戲劇化的一句標語」（ドラマチックなワンフレーズがつくれます），當然也能改動語順。

つくれます。ドラマチックなワンフレーズ

可以創造。那戲劇化的一句標語

將「つくれます」氣勢十足地放在最前面，就增加了句子的說服力。主語放到最後，則可以創造句子的餘韻。

Ⓐ 小さな幸せを叶えたい

想實現小小的幸福

B 叶えたいのは、小さな幸せ
想實現的是，小小的幸福

B應該更能感受到綿長的留白，並在心中留下更深刻的印象。像這樣更改詞語順序的表現方式稱為**「倒裝法」**，我想應該有許多人還記得曾在國語課上學過。雖然長句難以使用倒裝法，但對標題等需要強烈印象的短句而言，這是相當方便的修辭法。倒裝法與體言結尾是非常相配的技巧。請比較以下兩個例句。

A ご褒美温泉で、週末が変わります
來一場犒賞泡湯，改變這個週末

B 週末が変わる、ご褒美温泉
來一場改變這個週末的，犒賞泡湯

各位覺得如何呢。替換詞語並以體言結尾後，「週末が変わる」與「ご褒美温泉」兩邊都變得更加清楚了。

想創造可以令人銘記在心的標語時，請一定要試著實踐這個技巧。

技巧活用範例

明日も健康でいるために、もっと歩きましょう

⇒ 歩こう、明日の健康のために

明天也為了保持健康多走路吧→走路吧，為了明天的健康

今だけの、限定アイテムを手に入れよう

⇒ 手に入れよう！ 今だけの限定アイテム

獲得現在才有的限定商品吧→去爭取吧！現在才有的限定商品

あなたの仕事の悩みを教えてください

⇒ 教えて、あなたの仕事の悩み

請告訴我你工作上的煩惱→告訴我吧，你工作上的煩惱

あなたのメッセージが伝わる

⇒ 伝わる！ あなたのメッセージ

傳達出你的訊息→傳出去吧！你的訊息

技巧活用範例

在宅ワークをはじめよう

⇒ はじめよう、在宅ワーク

現在就開始居家工作→開始吧，居家工作

サステナブルな社会を目指そう

⇒ 目指そう、サステナブルな

社会以永續發展的社會為目標→目標是，永續發展的社會

業界ナンバー１に向かい、市場を切り開きましょう

⇒ 市場を切り開き、業界ナンバー１へ

邁向業界第一，開拓市場吧→開拓市場，邁向業界第一

捨てられないダイレクトメールが書ける

⇒ 書ける！ 捨てられないダイレクトメール

寫出不會被刪除的廣告郵件→寫得出來！不會被刪除的廣告郵件

眠っているあなたの能力を呼び覚ます

⇒ 呼び覚ませ、眠っているあなたの能力

喚醒你沉睡的能力→覺醒吧，你沉睡的能力

老舗の、古くて新しい魅力を知ってください

⇒ 知ってください。古くて新しい、老舗の魅力

請了解老字號古典又嶄新的魅力
→請了解。古典又嶄新的老字號魅力

2 拿掉助詞

以下例句A是時尚品牌「earth music&ecology」的廣告標語，請與B比較看看。

Ⓐ あした、なに着て生きていく？

Ⓑ あしたは、なにを着て生きていく？

明天，要穿什麼生活？

Ⓐ的句子有韻律，可以感受到挑選服裝時興奮難耐的心情。相對地，Ⓑ給人的印象就比較拖沓，沒有什麼吸引人的感覺。

之所以會有如此大的落差，其實只差在**有沒有「てにをは」**。

所謂「てにをは」，泛指所有助詞或助動詞等連接語詞的文字，譬如「は」、「を」、「が」、「に」、「へ」、「の」、「な」等等都是。前面例句A就拿掉了「あしたは」的「は」，以及「なにを着て」的「を」，寫成了廣告標語。

只要像這樣拿掉連接詞語的一個文字，整句話就會變得生動活潑，看起來也更洗鍊。

例如將「夏が到来」（夏天來了）寫成「夏、到来」，可以看出拿掉了「が」，句子變得更加有力。

「明日は、新しいことをしよう」（明天來做新的事物吧）這句話，若拿掉「明日は」的「は」以及「ことを」的「を」，改寫成「明日、新しいことしよう」。比較之下，拿掉助詞的句子顯然更具有躍動感，能一瞬間吸引讀者的目光。

擔任雜誌編輯的朋友曾跟我說，他常會教新進編輯「標題最好都把助詞拿掉」。實際上雜誌或報紙的標題，也確實常省略這些助詞。

若想輕鬆寫出感覺像專業寫手所寫的文章，那就拿掉「てにをは」吧。

技巧活用範例

明日は、冬物を売り切ります

⇒ 明日、冬物、売り切ります！

明天要把冬季服飾賣光！

みんなが大好きな、癒され露天風呂

⇒ みんな大好き、癒され露天風呂

大家最愛的療癒系露天溫泉

個性を引き出す、大人のカジュアル

⇒ 個性引き出す、大人カジュアル

襯托個性的成熟休閒風

人生を変える、朝の習慣

⇒ 人生変える、朝習慣

改變人生的晨間習慣

技巧活用範例

うるおいを肌へ

⇒ うるおい、肌へ

滋潤肌膚

心を奪うジュエリーコレクション

⇒ 心奪う、ジュエリーコレクション

奪人心神的珠寶收藏

シンプルを極めたオーガニックのレシピ

⇒ シンプル極めた、オーガニックレシピ

極簡的有機食譜

今はあえてグレーヘア

⇒ 今、あえてグレーヘア

現在，故意留著灰髮

売上があがる３つの施策

⇒ 売上あがる、３大施策

提高銷售業績的三大策略

ブランドの認知度を大幅にアップさせる新戦略

⇒ ブランド認知度、大幅アップへの新戦略

大幅提升品牌知名度的新戰略

3 用「べき」斷定

我們往往會對「這個一定最棒！」或「應該這麼做！」等斷定的說法感到猶豫。

然而現在已經是在各種場合都必須面臨眾多選擇的時代，很多時候接收訊息的人都會認為思考、選擇是相當麻煩且浪費時間的事。

如果任何事光是進行選擇就要費盡心思，偶爾強硬地用積極的說法推銷給對方，也不失為一個好方法。

在商務上，最好對自己想推銷的事物保持堅定的態度。

在企劃或提案中如果總是寫「～だと考えます」（我覺得～）、「～をおすすめします」（我建議～），說服力就減半了。抱持自信大聲說「～すべきです！」（應該～！）的勇氣，是這個時代最須具備的能力之一。

這種堅定的態度總能打動對方的心，帶來正面的結果。

技巧活用範例

今こそ、社内教育に投資することをおすすめします

⇒ 今こそ、社内教育に投資すべき

我建議現在投資在職訓練→現在正應該投資在職訓練

新システムを導入し、働き方改革を進めませんか？

⇒ 新システム導入で、働き方改革を進めるべき

要不要引進新系統，改革工作環境呢？→應該引進新系統，改革工作環境

経理業務をもっと効率化しませんか？

⇒ 経理業務は、もっと効率化すべきです！

要不要讓會計業務更有效率呢？→應該讓會計業務更有效率！

最新のスマホはコレがおすすめ

⇒ 最新スマホ、選ぶべき１台はコレ

最新的智慧型手機我推薦這台→最新的智慧型手機，要選就選這台

新常識。家事はプロに頼んでみませんか？

⇒ 新常識。家事はプロに頼むべき

新常識。家事要不要委託給專家呢？→新常識。家事就該交給專家

技巧活用範例

買い物好きは、ポイントを賢く活用しよう

⇒ 買い物好きは、ポイント名人になるべき

愛購物的人就妥善運用紅利點數吧→愛購物的人就該成為點數達人

リモートメイクは、涙袋に集中するのがおすすめ

⇒ リモートメイクは、涙袋に集中すべき

我建議視訊妝要集中在臥蠶→視訊妝應該要集中在臥蠶

ダイエットは、日々少しずつ続けましょう

⇒ ダイエットは“ちりつも”とキモに命ずるべき

減重就每天慢慢努力吧→減重該把「積少成多」刻在心上

ジュエリーを買うなら一生ものを

⇒ ジュエリーは、一生愛せる本物を選ぶべき

想買珠寶就買可用一生的→珠寶就該買能愛一輩子的真品

年末は、クリスマスコフレに注目

⇒ 年末は、クリスマスコフレを狙うべき

年尾要注意聖誕化妝品禮盒→年尾就該買聖誕化妝品禮盒

4 疊字

疊字。光是使用疊字，就能讓短句聽起來令人印象深刻。

譬如「強く思う」（深深覺得）這句話。

若改寫成「強く、強く思う」（深深、深深覺得），各位有什麼感覺呢？

只是重覆兩次「強く」，「覺得」的強度就瞬間提高數倍。

我出身於京都，知道京都人喜歡重疊想強調的詞語，譬如「今日は、寒い寒いなあ」（今天好冷好冷），或是「このイチゴ、甘い甘いわ～」（這草莓好甜好甜～）等等。我自己私下稱呼這種疊字方式「京疊字」，而實際上比起「すごく寒い」或「すごく甘い」，疊字後聽起來也確實更能表達情緒。

疊字同時也帶來「韻律」的效果。當文字產生韻律，句子聽起來就相當舒服。

如果在構思標題時總感覺似乎少了點什麼，或想要加入更多情緒，那麼疊字就是你的好選擇。

技巧活用範例

理想は高く持ちましょう

⇒ 理想は高く高く、もっと高く

懷抱高一點的理想吧→理想高一點、高一點，越高越好

いつかは見たい、世界の絶景ポイント

⇒ 見たい！ 見たい！ これが世界の絶景ポイント

總有一天想看到，世界的絕美景點→好想看！好想看！這就是世界的絕美景點

青い海へ

⇒ 青い、青い、海へ

前往蔚藍的大海→前往蔚藍的、蔚藍的大海

みんなが待っていました

⇒ 絶あなたも、あなたも、あなたも、待っていた

各位都久等了→你也是，你也是，你也是，都久等了

技巧活用範例

顧客満足度は、さらに上げられます

⇒ 顧客満足度は、もっと、もっと、上げられます

可以更進一步提升顧客滿意度

→可以更進一步、更進一步提升顧客滿意度

現状に満足せず、前進しましょう

⇒ 現状に満足せず、前へ前へ

不要滿足於現況，前進吧→不要滿足於現況，前進再前進

広範囲に発信します

⇒ 広く、もっと広く、発信していきます

發送到廣大的世界→發送到廣大、更加廣大的世界

在庫限りで売り切れです

⇒ 早く早く！ 在庫限りです

數量有限，要買要快→快點快點！數量有限

絶対に後悔させません

⇒ 絶対、絶対、後悔させません

絕對不讓你後悔→絕對、絕對不讓你後悔

きっと思いは通じます

⇒ きっと、きっと、思いは通じます

一定能傳達你的心情→一定、一定能傳達你的心情

5 放入引人注意的字詞

在我們周遭，到處都可以看到廣告。
每份廣告都希望自己能夠脫穎而出，讓更多人注意到。
廣告文案寫手為此下了很多功夫。
其中一個方法就是用**吸睛語彙創造驚奇感**。
在本書的第一章出現了以下這個標題。

新提案！糖質0女子会

這裡的「新提案！」就是吸睛語彙。
所謂吸睛語彙，一言以蔽之指的就是「能夠強烈吸引對方注意的詞」。
我們就是會不自覺地注視某些詞，譬如「お見逃しなく！」（不要錯過！）、「今だけ！」（只有現在！）、「24時間限定！」（24小時限定！）等宣傳標語。雖然看似微不足道，但其實是相當強力的手法。

除了網路商店的廣告、新產品的新聞稿等文章，企劃書的標題等當然也可以活用這種效果。最常見的吸睛語彙如以下所示，請配合例句參考。

【吸睛語彙範例】

実は（其實）／ニュース（新聞）／注目（注意）／まさか（竟然）／驚きの（令人驚訝的）／見逃せない（不能錯過）／ついに（終於）／はじまる（開始）／できました（完成）／解禁（解禁）／新時代（新時代）／事実（事實）／先進の（先進的）／新提案（新提案）／新常識（新常識）／新基準（新基準）／次世代（次世代）／新感覚（新感覺）／一新（全面更新）／感動（感動）／希少な（稀有的）／驚異の（令人吃驚的）／劇的（戲劇性的）／限定（限定）／今だけ（只有現在）

技巧活用範例

「はじまる」

⇒ **はじまる。家飲みの NEW スタイル**

開始了，在家開喝新風格

「できました」

⇒ **できました！ 眠りを変えるリラックスパジャマ**

完成了！改變睡眠的放鬆睡衣

「解禁」

⇒ **解禁！ 来年の夏バカンス流行予報**

解禁！明年夏日假期的流行預報

「新時代」

⇒ **新時代の美容トレンドは、「クリーンビューティ」**

新時代的美容潮流是「潔淨美容」

技巧活用範例

「実は」

⇒ 実は、男性も肌を見られている

其實男性的肌膚也會受到注視

「注目」

⇒ 注目！ あの○○が、住みたい街ランキング第２位

注意！那個○○，榮登最想居住的城市排行榜第二名

「まさか」

⇒ まさか、夏の紫外線で肌がやけど？！

夏天的紫外線竟然造成肌膚灼傷！？

「驚きの」

⇒ 驚きの発酵パワーで、お腹の調子が整う

透過令人驚訝的發酵力量，調理肚子的健康

「見逃せない」

⇒ 見逃せない！ おこもり美容の救世主

不能錯過！居家美容的救世主

「ついに」

⇒ ついに、スパイス新時代到来！

辛香料新時代終於來臨！

6 活用擬聲擬態語

「ふわふわ」（輕飄飄）、「キラキラ」（閃亮亮）、「ジュージュー」（噗滋）等形容事物樣態或聲音的詞語，統稱為擬聲擬態語。這類詞語能立即表達事物狀態，相當方便。

譬如笑聲，就有「ハハハ」（哈哈）、「ニヤニヤ」（奸笑貌）、「ふふふ」（呵呵）、「へへへ」（嘿嘿）、「ケラケラ」（大笑貌）等非常多種擬聲擬態語，只要看到這些字就能瞬間了解是什麼樣的笑法。如果要用文章表現這些詞，不僅需要高度作文與表達能力，字數還會變多。

能夠快速、直覺理解的擬聲擬態語，是表達事物魅力最方便的工具之一。

Ⓐ 熱いおでん
很燙的關東煮

Ⓑ アツアツのおでん
熱騰騰的關東煮

Ⓐ 指通りのいい髪

手指能順利滑過的頭髮

Ⓑ サラサラの髪

滑順的頭髮

Ⓐ 楽しいが詰まったゲーム

充滿樂趣的遊戲

Ⓑ ワクワク、ドキドキが詰まったゲーム

充滿興奮與緊張的遊戲

在每一組之中哪個句子更能打動你的心呢？

我想一定都是使用擬聲擬態語的Ⓑ吧。

據說日語是擬聲擬態語種類特別多的語言，還請各位活用這種多采多姿的表達方式，寫出最吸引人的標題！

技巧活用範例

肌あたりがやさしい、美肌の湯

⇒ とろり、とろける、美肌の湯

對肌膚溫和的美肌之湯→黏滑舒適的美肌之湯

生がおいしい、弾力のある食パン

⇒ 生がおいしい、もっちり食パン

好吃又充滿彈性的生吐司→ Q 彈好吃的生吐司

心地良い感触の抱き枕で一晩熟睡

⇒ プニプニ抱き枕で一晩ぐっすりリ

抱著觸感舒適的抱枕整晚熟睡→抱著軟彈的抱枕整晚酣睡

やわらかな感触のカシミアセーター

⇒ ふんわり、肌に寄り添うカシミアセーター

觸感柔軟的羊絨毛衣→鬆軟又對肌膚溫和的羊絨毛衣

技巧活用範例

激しい価格競争から、今こそ抜け出そう

⇒ ガツガツした価格競争から、今こそ抜け出そう

現在就脫離激烈的價格競爭吧→現在就脫離猛烈的價格競爭吧

オンラインなら、簡単に国境を超えられる

⇒ オンラインなら、すいすい国境を超えられる

網路可以輕易跨越國境→網路可以輕輕鬆鬆跨越國境

日常業務がはかどる、神アプリ

⇒ 仕事がサクサク進む、神アプリ

順利進行日常業務的神 App →讓工作順利進行的神 App

新製品は、のどごしがいい桃風味のゼリーです

⇒ 新製品は、桃のちゅるるんゼリーです

新產品是爽口的桃子口味果凍→新產品是桃子口味的滑溜溜果凍

あっというまに広がる洗剤で、素早くおフロ掃除ができます

⇒ シュワッと広がる洗剤で、ササッとおフロ掃除

用瞬間擴散的清潔劑，快速清洗浴室→用一轉眼就擴散的清潔劑，三兩下清洗浴室

1日中、ほどよい香りが続く柔軟剤

⇒ 1日中、ふんわり香る柔軟剤

清爽香味持續一整天的柔軟精→一整天散發清柔香氣的柔軟精

7 拋出二擇一的問題

各位是否有過入住飯店時被問到「明天的早餐要選日式還是西式」的經驗呢？溫暖香Q的白飯與烤得酥脆的吐司，看著眼前的菜單真的會讓人打從心底猶豫不決。

只能從兩者中選擇其一。

面對這樣的選擇，我們就會認真思考，試圖從中挑出答案。

相反地，如果可以選擇的種類很多，反倒會覺得做選擇很麻煩，最後什麼都不想要。

美國哥倫比亞大學的希娜．艾恩嘉博士曾做了一項著名實驗，證實了這個現象。實驗的內容是，在超市擺放六種果醬與24種果醬，並對其進行比較。實驗結果顯示，只擺放六種果醬的時候反而賣得更好。

換句話說，**人只有在從適當的數量中做選擇時才會感到猶豫**。適當的數量，才會讓選擇變得有樂趣。

希望對方必定要從選項中選擇其中之一時，別說六種了，乾脆就用「二選一」的方式詢問對方。讓商品或服務相互對照，也更能看出各自的特色。

在網路新聞或企劃書的標題上使用二擇一，可以發揮「令對方很在意內容」的效果。

譬如，下面的標題應該不太能引起興趣。

女性に人気のある果物はなんでしょうか？

受女性歡迎的水果是什麼呢？

如果改成下面這個形式，各位覺得如何呢？

桃と苺。女性が好きなフルーツはどっち？

桃子與草莓。哪個才是女性喜歡的水果？

是不是覺得更想知道結果了？用二擇一的方式詢問對方，就可以讓對方產生好奇心，吸引對方的關注。

技巧活用範例

在宅ワークの PC は、どのタイプがオススメ？

⇒ 在宅ワークの PC は、ノートかデスクトップか？

居家工作的電腦推薦哪種類型？

→居家工作的電腦該選筆電還是桌電？

読書方法が多様化しています

⇒ 紙で読むか、タブレットで読むか

讀書方法越來越多樣化了→要讀紙本書，還是電子書

仕事に合った連絡ツールを選ぼう

⇒ チャット vs. メール。仕事で使うならどっち？

選擇適合自己工作的聯絡工具吧

→通訊軟體 vs. 電子郵件。工作上該用哪種？

10 年後に勝ち組になれる不動産の選び方

⇒ 戸建とマンション。10 年後の勝ち組は？

10 年後成為人生勝利組的不動產挑選法

→透天與大樓，10 年後的人生勝利組是？

あなたはどうやってヘアカラーをしていますか？

⇒ ヘアカラー、あなたはおうち派？ サロン派？

你在哪裡染頭髮呢？→染頭髮時你是在家派？沙龍派？

技巧活用範例

手土産を探すなら、品揃え豊富な「○○」で検索を

⇒ あの人は甘党？ 辛党？クイック手土産検索の「○○」

想送禮，就搜尋種類豐富的「○○」

→那個人愛吃甜食還是愛喝酒呢？快搜尋禮品的「○○」

次のバカンスはどこに行く？

⇒ 街を遊ぶ「刺激旅」か、自然の中で「癒され旅」か

下次放假去哪玩？

→你喜歡在街上的「刺激旅行」，還是走進自然的「療癒旅行」？

あれもこれも、あなた好みのアニメがあります

⇒ 見たいアニメは、ライト BL ？ 異世界転生？

這裡什麼都有，一定有你喜歡的動畫

→想看的動畫是輕 BL ？還是異世界轉生？

あなたに合ったダイエットの正解は？

⇒ 運動で痩せるか、食事で痩せるか

最適合你的減重方式是？→該靠運動瘦，還是靠飲食瘦？

あなたの夢を叶える多彩なプランをご用意

⇒ あなたの夢を叶えるのは、A プラン？ B プラン？

準備了多樣的方案實現你的夢想

→能實現你的夢想的，是 A 方案？還是 B 方案？

8 押韻

說到「押韻」，我會先想到饒舌。

大量運用相同的音結尾（或開頭）的詞語，就能創造出富有節奏感，且能留下深刻印象的句子。

由於這種朗朗上口的特性，標語中也喜歡用這個技巧。

在廣告標語裡有以下幾個經典範例。

うまい やすい はやい （吉野家）

好吃　便宜　快速

セブンイレブン いい気分（7-ELEVEN）

7-ELEVEN　給你好心情

インテル 入ってる （英特爾）

Intel Inside 英特爾在裡面

每一句標語都簡潔有力，聽起來還充滿韻律，一旦聽過就難以忘掉了。

吉野家用字尾的「い」，7-ELEVEN 用「ぶん」，英特爾用「てる」，每句裡都用相同的字尾押韻。

即使只是母音相同，也能產生押韻的效果。

譬如「明日を、読む、聞く、知る」（讀、聽、知道明天），其中「読む、聞く、知る」最後的母音全都是「う」，因此聽起來就有節奏感。

雖然這是我自己創造的標語，但仔細一看，可以發現有許多廣告標語也像這樣用母音押韻。

想要用同一句話進行宣傳時，還請意識到押韻這個小技巧，可以創造出聽起來舒服又好記的標語。

技巧活用範例

日当たりが良くて、家賃の割には広いワンルームです

⇒ 広い、明るい、そのうえ安いワンルーム

這是日照良好，而且以房租來看相當寬廣的套房
→寬廣、明亮，且便宜的套房

お二人でくつろぎの旅を

⇒ ふたり、ゆったり、のんびり旅

兩人度過悠閒之旅→兩個人，輕鬆、悠閒的旅行

おこもり時間に手づくりしませんか？

⇒ おこもり時間に、ゆっくり、手づくり

要不要在居家時間做手工藝？→在居家時間，一步一步做手工

クラシック音楽がすごい！

⇒ クラシックってドラマティック

古典音樂真棒！→古典音樂真是震撼人心

お腹の調子を整えます

⇒ お腹、スッキリ、すらり整う

調理腹部的健康→腹部調理得清爽又通暢

技巧活用範例

新システムで、経費を削減し、経営を改善します

⇒ 新システムで、経費削減、経営改善

透過新系統節省經費，改善經營
→用新系統做到經費節省，經營改善

簡単に理解でき、すぐに使えます

⇒ すぐわかる。すぐ使える

可以輕鬆理解，馬上就能使用→馬上懂，馬上用

お好きなときに、場所も回数も気にせず使えます

⇒ 思い立ったら、いつでも、どこでも、何度でも

可以隨時隨地使用，無須在意地點與次數
→只要想到，無論何時、無論何處，無論幾次

刺激的な面白映像

⇒ 刺激、過激、やっぱり見るべき

刺激無比的趣味影像→刺激，激烈，最好看一下

素早く検索できます

⇒ サクサク、検索

可以快速搜尋→輕輕鬆鬆搜尋

9 混合反義詞吸引對方興趣

想兩個毫不相干的詞語搭在一起，有時能創造出令人印象深刻的新詞。

譬如「オトナ女子」（大人女子）就是其中一例。

雖然已在時尚或生活業界等各個領域廣泛使用，但其實「女子」這個詞本來是指女童。這與意思根本相反的「大人」組合後，就誕生了令人過目難忘的新語彙。

此處比起意思的相反，**人們心中聯想到的印象完全相反**這件事才是更重要的關鍵。

「大人」有成熟穩重的印象，「女子」則有活潑開朗的印象。因為組合的是兩個印象完全顛倒的詞語，所以才產生了令人驚訝的感覺。

透過反義詞混用所創造的新詞離原本的印象越遠，聽起來就越有趣，讓人加深對這個詞的印象。

「食べて痩せる」（吃了瘦）也是一個範例。這是現在很常見的減重關鍵字，在各類書籍或營養品宣傳上都能看到。

「吃」跟「瘦」同樣也是印象相反的詞。聽到「吃」，每個人都覺得會「胖」，然而違反先入之見的「瘦」卻出現在這，那麼就會引起對方「什麼？那該怎麼做？」的強烈興趣。

混合這些印象相反的語詞所創造的新詞，都能長久留在人們心中。雖然創造過程不容易，但也有嘗試看看的價值。

摸索是否有什麼特點與想要提案的企劃或服務相反，然後試著將兩者組合起來。

例如，如果是男士化妝品，那就用「ビューティ男子」（美人男子）來做宣傳吧。

雖然難易度稍高，但順利的話即可寫出非常誘人，而且個性十足的標語。

技巧活用範例

趣味を見つけて休日をランクアップ

⇒ 本気の趣味で休日をランクアップ

找到興趣，為假日升級→以認真的興趣為假日升級

いま魅力を感じる、70 年代ファッション

⇒ 古新しい、70 年代ファッション

現在也能感受到魅力的 70 年代時尚→復古新穎的 70 年代時尚

忙しいときは、手づくりにこだわらないごはん

⇒ 忙しいときは、手づくらない愛情ごはん

忙碌時，不講究親手做料理→忙碌時，不親手做而滿懷愛意的料理

さりげないのに、手がかかっているヘアスタイル

⇒ さりげなく、こだわり無造作ヘア

若無其事卻特別費事的髮型→若無其事，精心又隨便的髮型

技巧活用範例

休日ファッションは、地味過ぎないシンプルな服

⇒ 休日ファッションは、地味過ぎない派手シンプル

假日穿搭選擇不會太樸素的簡單服裝

→假日穿搭選擇不會太樸素，華麗又簡單的服裝

大人が本気で楽しめる遊び

⇒ 大人がときめく、マジメ遊び

大人可以認真享受的玩樂→大人也期待不已的認真玩樂

週 3 回の飲酒でストレス解消

⇒ 週 3 回の健康呑みでストレス解消

每週喝三次酒來消除壓力→靠每週三次的健康飲酒消除壓力

ていねいに手を抜く、上手な家事

⇒ ていねいに手を抜く、さぼり家事

細心偷懶才是擅長家事→細心偷懶的懶人家事

普段の心がけで体力アップ

⇒ 運動しないで体力アップ

用平常心提升體力→靠著不運動提升體力

モテるのは、遊びも仕事も一生懸命な人

⇒ モテるのは、お堅い不良

受歡迎的是玩樂與工作都很拚命的人→受歡迎的是正經不良

10 用對偶句製造反差

對偶句指的是句子前半與後半放入「成對的語詞」，藉此創造反差的手法。成對的語詞則指的是「長いと短い」（長與短）、「多いと少ない」（多與少）、「近いと遠い」（近與遠）、「高いと安い」（昂貴與便宜）、「今日と明日」（今天與明天）、「スタートとゴール」（起點與終點）等等意思相關或相反的詞組。

雖然這是適合高手的技巧，但妥善運用就能創造任何人都點頭贊同的說服力。留存在歷史中的名言，有很多也是對偶句。

・前進をしない人は、後退をしているのだ（歌德）

不向前邁進的人就是在後退

・人生は近くでみると悲劇だが、遠くから見れば喜劇である（卓別林）

人生近看是一齣悲劇，遠觀則成了喜劇

・多数の友を持つ者は、一人の友も持たない（亞里斯多德）

朋友眾多者，一個朋友也沒有

每一句話都讓人不自覺地點頭如搗蒜般贊同不已。前半與後半的反差越大，驚奇感也就越強烈，大幅強化了句子的說服力。

即使想撰寫對偶句，也不是三兩下就能寫出來的，一開始先用名言佳句為藍本思考吧。可以試著將「失敗は成功のもと」（失敗為成功之母）、「負けるが勝ち」（雖敗猶勝）、「帯に短したすきに長し」（高不成低不就）、「温故知新」（溫故知新）等格言，替換成自己想要表達的事物。

雖然難易度稍高，但請各位一定要挑戰。

技巧活用範例

苦しいときもがんばろう

⇒ **絶望のとなりには、必ず希望がある**

痛苦時也加油吧→絕望必定伴隨著希望

いくつになっても、前向きな毎日を送りましょう

⇒ **いくつになっても、今日より、明日がもっと楽しみ**

無論到了幾歲，都積極度過每一天吧

→無論到了幾歲，比起今天，都要更期待明天

失敗は成功のもと

⇒ **失敗する人にしか、成功はやってこない**

失敗為成功之母→只有失敗的人才能獲得成功

温故知新

⇒ **古いものって、新しい**

溫故知新→古舊的事情才新鮮

技巧活用範例

やる気をおこすには、上手にほめて叱りましょう

⇒ やる気ルールは、毎日ほめる、ときどき叱る

想提起對方幹勁，就擅用稱讚與斥責
→提起幹勁的規則就是，每天稱讚，偶爾斥責

今すぐ始めないと、手遅れになることも

⇒ いつかは、いつになっても来ないんです

現在不開始做，有可能會來不及→總有一天，總是不會來

好みを決めつけないことが大切です

⇒ 好きなことも、嫌いなことも、大切

重要的是不要片面決定喜好→喜歡的事，討厭的事，都很重要

個性的なものが好き

⇒ みんなが好きより、私だけ好きがいい

喜歡有個性的東西→比起大家喜歡，只要我喜歡就好

楽な着心地を実現した、フォーマルウェアです

⇒ 見た目はフォーマル、着心地はカジュアル

實現舒適穿衣感的正式服裝→外表是正裝，又具備舒適感的休閒服

COLUMN

從名家的文章技巧學習③

谷崎潤一郎老師《文章讀本》

雖然由我來說很不知分寸，但我最想稱呼谷崎潤一郎老師為近代文學字面王。例如在小說《鑰匙》中，丈夫的日記用片假名，妻子的日記用平假名書寫，讓兩人產生對比。又或在《盲目物語》中大量使用平假名，以表現盲人的語氣。其筆下諸多名作，都最大限度地活用了字面的效果。

而這樣的谷崎老師，在昭和九年撰寫了日本最有名的文章讀本。雖然是非常久遠以前的書，但書中概念仍然可以套用到現代。

在這本書的前半，老師主張文章「視覺效果」的重要性。

既然是以眼睛理解的事物，那所有透過眼睛所傳達的官能要素，都不可能不在讀者的心中留下任何一丁點印象。

畢竟我們正使用著我們獨特的形象文字，（中略）那麼就不應該捨棄只有我們才能運用的利器。

這一段闡述的意思是，既然文章是用眼睛看來理解的事物，那文章的外觀也會影響讀者的心。在這個前提上，我們就沒有理由不去活用漢字、平假名、片假名等獨特的形象文字（日語）。書中擷取志賀直哉的小說《在城之崎》中的一段文章，並如此說明。

在「直ぐ細長い羽根を両方へシッカリと張ってぶーんと飛び立つ。」（立刻往兩側盡力伸展細長的翅膀，嗡嗡地飛向空中）這個地方，我可以理解為何「シッカリ」用片假名，「ぶーん」則用平假名。即使是我，我也會這麼寫。尤其若將「ぶーん」寫為「ブーン」，無法呈現「虎斑明顯、體型肥大的蜂」震動空氣，飛翔而去的振翅聲。寫成「ぶうん」同樣不妥，若非「ぶーん」都看不見蜂筆直飛去的模樣。

在這之後的章節，也能感受到老師身為小說家對字面的強烈執著。

我們無法立刻到達這般境界。但是，我們仍然可以慢慢磨練對字面的感覺與品味，將字面效果運用在各種文章上。

此外，這本《文章讀本》在最後對於將文章簡略化這點，還有以下的見解。

即便是擅於文筆的專家，也會陷入動輒填字過度的弊害中，（中略）發表時雖然自以為大幅減去了詞彙數量，然而一年過後回頭檢視，仍會見到無用的字詞。左方所載為距今三年前所撰寫之小說《刈蘆》的一節，劃線處從今日來看，都是「不如省去」的詞句。

※引用自中公文庫版

那部名作《刈蘆》竟還有不夠精煉的地方啊。

我們應該還有很多節省詞語的空間吧！大家一起加油。

後記

「寫文章真的好累！」

我想許多執起本書的讀者，應該都這麼想過。

然而在遠距辦公逐漸普及的現在，書寫的工作只會越來越多。

廣告文案寫手的工作就是寫出精短的句子。坦白說，要我在工作上寫長篇文章也同樣很累，所以我很清楚各位的心情。

因此，**只要縮短一句話就能變得更輕鬆**。

我就是想告訴大家這個觀念，才執筆寫了本書，這是文章寫了數十年的我，最後所得出的結論。

如同前面多次提到，寫文章會累，都是因為一句話太長。

若在一句話裡塞入過多資訊，不僅字數很多，詞語間也變得複雜難解。如果每寫一句話就要像拼拼圖般組裝許多文字，任誰都會疲累。

減少資訊與文字，用簡短精巧的句子來編出一篇文章，這就是輕鬆寫文章最棒的方法。

文章會表現出撰寫時的情緒。如果覺得寫起來很麻煩，文中會隱約帶有不耐煩的情緒，這種文章沒有任何魅力。

請各位輕鬆、無拘無束地寫文章吧。如此一來，即使句子簡短也能展現自己的特色，各位一定能寫出令人印象深刻的文章。

請務必學會縮短句子的技能，讓寫手寫得更輕鬆，讀者看得更愉快。

最後，我想向協助撰寫本書的所有人表達我的謝意。

由於我平常只寫15字內的廣告標語，以及不到兩百字的廣告主體，因此對我而言，撰寫一整本書是頗為辛苦的事。

Diamond出版社的畑下裕貴先生擔任本書的編輯，當我問及「第一章該寫幾個字？」時，他的回答是「大概兩萬字好了」，我當時腦中浮現的不是「萬字」，而是「卍」字。

即使是這樣，畑下裕貴先生仍然堅持不懈地激勵我，並給予我內容構成的建議，我真的對畑下充滿感謝之情。本書正有如兩人三腳的結晶，憑我一人之力是無法完成的。

雖然很不好意思，但我也想對家人說聲謝謝。

在最後，我打從心底感謝閱讀本書的你。

在社會急遽的變化中，你仍然感受到了文章的重要性，我衷心祝福本書能成為你未來的助力。

希望你能透過縮短句子，隨心所欲地表達自己的想法。

希望《60字法則商用日語文章術》，能讓你不再害怕寫文章。

主要参考文献

・「紙媒体の方がディスプレーより理解できる」
ダイレクトメールに関する脳科学実験で確認
https://www.toppan-f.co.jp/news/2013/0723.html
・『日本語練習帳』大野晋著、岩波新書
・『文章読本』三島由紀夫著、中公文庫
・『夫婦善哉 決定版』織田作之助著、新潮文庫
・『予想どおりに不合理 行動経済学が明かす「あなたがそれを選ぶわけ」』
Dan Ariely 著、熊谷淳子譯、早川書房
・『行動経済学まんが ヘンテコノミクス』佐藤雅彦・菅俊一著、高橋秀明繪、
MAGAZINE HOUSE
・『選択の科学』Sheena S. Iyengar 著、櫻井祐子譯、文藝春秋
・『文章讀本』谷崎潤一郎著、中公文庫

EZ Japan 樂學／28

短，才是王道！「60字法則」商用日語文章術

作　　者｜田口真子
翻　　譯｜林農凱
主　　編｜尹筱嵐
編　　輯｜林詩恩
校　　對｜林詩恩
封面設計｜萬勝安
內頁排版｜曾晏詩
行銷企劃｜陳品萱

發 行 人｜洪祺祥
副總經理｜洪偉傑
副總編輯｜曹仲堯
法律顧問｜建大法律事務所
財務顧問｜高威會計師事務所
出　　版｜日月文化出版股份有限公司
製　　作｜EZ叢書館
地　　址｜台北市信義路三段151號8樓
電　　話｜(02)2708-5509
傳　　真｜(02)2708-6157
客服信箱｜service@heliopolis.com.tw
網　　址｜www.heliopolis.com.tw
郵撥帳號｜19716071 日月文化出版股份有限公司

總 經 銷｜聯合發行股份有限公司
電　　話｜(02)2917-8022
傳　　真｜(02)2915-7212
印　　刷｜中原造像股份有限公司
初　　版｜2022年05月
定　　價｜350元
I S B N｜978-626-7089-50-7

國家圖書館出版品預行編目 (CIP) 資料

短，才是王道！「60 字法則」商用日語文章術 / 田口真子作 ; 林農凱譯 . -- 初版 . -- 臺北市 : 日月文化出版股份有限公司 ,2022.05
譯自 : 短いは正義 「60 字 1 メッセージ」で結果が出る文章術

面； 公分 . -- (EZ Japan 樂學 ; 28)
ISBN 978-626-7089-50-7 (平裝)

1.CST: 日語 2.CST: 寫作法
803.17　　111003343